KB112562

시대의 어른

채현국,

삶이

깊어지는

이야기

채현국 구술하고 **정운현** 기록하다

읽기 전에

'꼰대'가 아닌 '어른'을 만나다

우리 시대에 진정한 어른이 없다고들 한다. 사회학자 엄기호는 우리 사회에 '자신의 경험을 후대에 전승하고 조언을 주고, 참조할 만한' 어른이 없다고 했다. 자신의 과오에 대한 반성 없이 잔소리와 설교를 일삼는 '꼰대'에게 사회적 존경이 따라올 수는 없다. 그러나 굴종과 타협을 강요하던 시대에도 부끄럽지 않게 살아왔고, 질곡의 시대에도 쓴소리를 마다하지 않은 사람을 찾아보기 어려운 것이 또한 현실이다. 우리 현대사의 비극이라고 할 수 있다.

경남 양산 소재 효암학원의 채현국 이사장은 기존에 알고 있던 실망스러운 어른들의 모습과는 분명 다르다. 채 선생은 2014년 초 언론 인터뷰를 통해 널리 세상에 알려졌다. "노인들이 저 모양이란 걸 잘 봐두어라"

라는 도발적인 제목의 인터뷰는 세간의 폭발적인 관심을 끌었다. 어떤 이는 채 선생 같은 분이 이 시대에 생존해 있다는 사실만으로도 놀랍고 감격스럽다고 했다. 아마도 이런 뜨거운 반응은 '제대로 늙은 어른'에 대한 갈증 때문일 것이다.

이 책은 바로 그러한 갈증을 풀어주기 위해, 무엇보다 어른들을 '꼰대'로 생각하는 젊은이들에게 제대로 늙은 어른의 모습을 보여주기 위해 씌어졌다. 이 책은 '채현국 보고서'라고 할 수 있다. 선생을 작년 여름에 처음 뵌 이래 일곱 차례 정도 만났다. 네 차례 독대를 했으며, 더러는 모임에 합석하여 많은 이야기를 나누었다. 대면에 이어 채 선생의 강연과 각종 인터뷰 내용 및 관련 자료, 그리고 지인들의 증언을 모두 모아 선생을 살펴봤다. 말하자면 '뒷조사'를 한 셈이다. 평소 선생이 자서전이나 평전 쓰는 것을 극구 싫어해 구술과 기록의 형태를 취할 수밖에 없었다. 1장은 관찰, 2장은 전언(傳言), 3장은 자전(自傳)의 형식으로 선생을 기록했다.

1부(너희들은 저렇게 되지 마라)에서는 대중들이 선생에게 왜 그렇게 열광했는지, 이 시대에 '채현국'이 갖는 의미를 짚어보았다. 말하자면 '왜 지금 채현국인가'라는 질문에 대한 대답이라고 할 수 있다. 2부(분노하라 저항하라)에서는 교육자로서 이 시대의 청춘들에게 던지는 메시지를 담았다. 유행하는 '힐링'이나 '상담'이 아닌 온몸으로 겪은 투박하지만 진솔한 인생 훈수가 가득하다. 3부(비틀거리며 살아왔지만)에서는 선생의 지나온 삶을 통해 선생의 인간적 면모를 기록했다. 천부적인 사업가였던 아버지와 가족들에 대한 이야기, 성장사, 경영자로서, 그리고 현재 교육자로서 선생의 지나온 삶을 육성으로 생생히 전달하기 위해 자전(自傳)의 형식으로 기록했다. 선생은 스스로 일관되게 표현하듯이 위인도 영웅도 아니다. 그러나 선생의 삶과 행동, 말은 우리 시대의 어른으로서 청춘들에게 큰 울림을 주고도 남을 것이다.

내가 만나 뵌 채 선생은 소탈하면서도 재미있는 분이었다. 파격적이고 괴팍한 기인 정도로 생각했는데 그렇지 않았다. 삶의 철학이 건강하고 확고한 분이었다. 생각과 행동이 일치하고 말의 일관성이 있는, 보기 드문 어른이었다. 특히 80이라는 나이가 무색할 정도로 젊고 파격적인 언동은 기록하는 이를 몇 번이나 깜짝 놀라게 했다.

선생의 삶을 짚어보고 기록하면서 선생을 진심으로 좋아하게 되었다.

선생은 사업가로 성공 가도를 달리던 중에도 민주화운동가와 불우한 벗들을 남몰래 도와주었고, 탄광사고 피해자들에게는 계열사를 전부 팔아 보상해주었으며 사학재단을 운영하면서는 교육의 모범을 보여주었다. '시대의 어른'으로서 존경받을 만한 충분한 이유와 가치가 있는 분이다. 관념과 자기계발로서의 '조언'과 '충고'가 아닌 직접 몸으로 겪고 증명한 경험에서 우러나온 어른의 진심 어린 가르침을 듣고 기록할 수 있었던 것은 필자로서 행운이 아닐 수 없다. 독자들과 이 소중한 경험을 나누고 싶다.

2015년 2월

기록한 이, 정운현

차례

2부

분노하라 저항하라

이 땅의 청춘들에게

3부

비틀거리며 살아왔지만

나의 삶, 나의 벗

일러두기

1. 채현국 선생의 말 중에서 다른 곳에서 인용한 글은 출처를 표시해 놓았으며, 그 외의 글은 선생의 육성을 그대로 옮겼습니다.
2. 선생의 삶을 기록한 3부는 선생의 회고를 바탕으로 가감 없이 기록했으며, 육성을 생생하게 전달하기 위하여 선생의 동의하에 자전의 형식을 취했습니다.
3. 인용문은 원문 그대로 표기하는 것을 원칙으로 하되, 띄어쓰기는 책의 편집 원칙에 맞추어 통일하였으며 꼭 필요한 경우에는 문장을 수정하였습니다.

1부

너희들은 저렇게 되지 마라

– 어른에 대한 갈증을 풀다

“

자기 껍질부터 못 깨는 사람은 또 그런 늙은이가 된다. 저 사람들 욕할 게 아니라 저 사람들이 저 꼴밖에 될 수 없었던 걸, 바로 너희 자리에서 너희가 생각 안 하면 저렇게 된다는 걸 알아야 한다.

”

어른을 만나다

채현국(蔡鉉國) 선생을 처음 만난 것은 2014년 7월 하순, 더위가 절정을 이루던 한여름이었다. 연초 〈한겨레〉에 실린 인터뷰 기사를 본 후 언젠가 기회가 되면 한번 뵙기를 기대하고 있던 차였다.

만날 사람은 언젠가 만나게 된다고 했던가. 그 무렵 김태동 교수(성균관대 명예교수, 청와대 경제수석 역임)가 연락을 해왔다. 채 선생을 뵈러 양산엘 가는데 같이 가지 않겠느냐고. 당시 나는 실직 상태여서 비교적 시간 여유가 있었다. 그래서 이때다 싶어 선뜻 동행키로 했다.

김 교수 말고도 동행이 한 분 더 있었다. 채 선생과 중학교, 고등학교 동기 동창인 여상빈 선생이다. 채 선생의 '절친'인 여 선생은 마침 우리 동네 인근에 살고 있었다. 출발하면서 여 선생 댁에 들렀더니 텐트에서부터 먹거리까지 야외에서 몇 날 며칠을 지내도 좋을 만큼 단단히 짐을 꾸려놓고서 우릴 기다리고 있었다. 평소 캠핑을 즐긴다는 여 선생은 그 연세에 기력도 마음도 청년 못지않았다.

차 운전은 김 교수가 맡았다. 일산IC를 빠져나온 차는 경부선이 아닌, 서울 북부 순환도로를 타고 강원도 쪽으로 향했다. 중간에 들를 곳이 한 군데 있었기 때문이다. 어차피 세 사람 모두 유람길이어서 바쁠 것이 없었다.

그 무렵 양양 오색약수터에 살고 있는 정덕수 형이 하루가 멀다 하고 연락을 해오고 있었다. 피서 겸 메기어탕을 맛보러 한번 오라고 했다. 내 어릴 적 기억으로 메기는 진흙 뻘에서 자랐던 것 같은데, 강원도 산골짜기 1급수에 웬 메기. 그러나 그건 내가 과문한 탓이었다. 오색약수터 계곡에서 시작해 강릉 바다로 흘러들어 가는 개울에도 분명 메기가 살고 있었다. 큰 놈은 웬만한 어른 손바닥보다 컸다. 그날 저녁 우리는 정 형이 베푼 메기어탕으로 호사를 누렸다.

이튿날에는 남행길 도중 영월 '한반도마을'을 구경했다. 강원도판 안동 하회마을이라고나 할까. 강원도를 안고 흐르는 영월 동강이 휘돌아 나가는 마을인데, 강물에 안긴 마을이 마치 한반도를 닮았대서 이런 이름이 붙었다고 한다. 마을 건너편 언덕 위에서 내려다보니 모습이 꼭 그랬다. 일행은 그 오묘한 모양을 구경한 후 마을에 들러 하룻밤을 묵었다.

3일째 비로소 본격적인 일정에 올랐다. 동해안을 따라 푸른 바다를 벗하면서 울진-영덕-포항을 거쳐 양산에 도착했다. 도중에 주마간산 격이나마 포항의 불영계곡, 망양정, 월송정 등 명승지도 구경했다. 초행길의

외모만으로 보자면 선생의 첫인상은 보잘것 없었다. 효암학원 이사장실은 선생만큼이나 소탈하다.

낯선 여행자들에겐 망외(望外)의 기쁨이었다.

양산 가는 길에 여 선생과 동행한 것은 큰 행운이었다. 차 안에서는 물론 휴게소에서 잠시 쉴 때도 나는 여 선생에게 채 선생의 학창 시절에 대해 물었다. 서울사대부속중 · 고교 동기생인 데다 그 시절부터 각별히 친한 사이였던 터라 귀담아들을 얘기가 참으로 많았다. 여 선생 역시 심심풀이 삼아 이런저런 옛날 얘기를 들려주어 먼 거리를 오는 동안 지루하지가 않았다.

양산에 도착한 시간은 늦은 저녁때였다. 학교 인근 식당에서 채 선생과 처음으로 인사를 나눴다. 나는 초면이라고 생각했는데 선생은 나와 구면이라고 했다. 알고 보니 1990년대 인사동 고서점에서 몇 번 마주친 모양이었다. 그것도 인연이라고 선생은 나를 오래된 벗처럼 대해주었다.

인터뷰 기사를 보고 선생 키가 그리 크지 않다는 것을 알고 있었는데, 실제로 보니 생각보다 더 작았다. 160㎝ 이짝저짝 돼보였는데 선생 말로는 그 중간인 156㎝라고 했다. 키는 그렇다 치고 명색이 사립학교 재단 이사장인데 외모에서는 그런 티가 별로 나지 않았다. 여름철이긴 했지만 노인들이 별로 즐겨 하지 않는 반바지에, 발가락이 숭숭 나오는 샌들을 신고 있었다. 웃을 때 보니 앞니는 여럿 빠져 있었고 몇 남은 이도 담배를 피운 탓인지 누런 색깔이었다. 또 머리칼은 여든이라는 나이만큼이나 희었다. 외모만으로 보자면 선생의 첫인상은 보잘것없었다.

〈한겨레〉 기사에서 느꼈던 위엄 같은 건 전혀 찾아볼 수 없었다. 식당 아주머니들과도 소탈하고 격의 없었다. 빠르고 사투리 섞인 말투도 영락없는 동네 할아버지였다. 그러나 조금만 유심히 뜯어보면 분명 뭔가 다른 점이 있었다. 우선 복장부터가 그랬다. 노란색 반팔 티셔츠를 입고 있었는데, 가슴에 '시민행동 가만히 있지 않겠다'라고 쓰여 있었다. 세월호 참사 후 시민단체 사람들이 만든 것인데 '보통 할배들'이 이런 티셔츠를 입고 있는 걸 본 적이 없다. 누가 권해주어도 할배들은 이런 티셔츠를 별로 좋아하지 않는다. 선생은 이 '개념 티셔츠'를 이튿날 우리와 헤어질 때까지 내내 입고 있었다. '평범(平凡) 속의 비범(非凡)'이란 게 바로 이런 디테일일까.

개운중학교에서 하룻밤을 자고 이튿날 KTX로 선생과 함께 서울에 왔다. 신경주역에서 테이크아웃 한 블랙커피를 마시며 선생은 영화를 상영하는 기차를 타자고 제안했지만 그 시각엔 영화를 상영하는 열차가 운행되지 않았다. 대신 캔맥주 하나를 나눠 마시면서 두 시간여 동안 줄기차게 대화를 이어갔다. 그리고 서울역에 내려서는 곧장 인사동 술집으로 향해 글쟁이 친구들과 밤늦도록 술을 마셨다. 선생의 체력과 '사람 좋아함'에 탄복할 수밖에 없었다. 그리고 흔히들 말하는 노인들의 '꼰대' 같은 모습은 찾아보기 어려웠다.

노인, 봐주지 마라

사실 〈한겨레〉 인터뷰 기사를 보기 전까지는 선생을 잘 알지 못했다. 물론 내가 과문했던 탓이지만 연배나 활동 분야로 보자면 그럴 법도 했다. 1935년생(호적엔 1937년생)인 선생은 나보다 24세나 연상인데다 기업인, 교육자로 활동한 까닭에 나와는 마주칠 기회가 별로 없었다(물론 전술했듯이 선생의 기억에 따르면 우린 한두 번 만난 적이 있는 모양이었다).

2014년 1월 4일자 〈한겨레〉 '이진순의 열림' 코너에 실린 선생의 인터뷰 기사는 말 그대로 충격이었다. 마치 망치로 뒤통수를 한 대 두들겨 맞은 듯했다. 그리고 그런 느낌은 비단 필자만의 것이 아니었다. 인터뷰 기사가 실린 다음날 낮, 신문사 홈페이지에서 이 기사를 트위터와 페이스북에 인용한 횟수가 2만 건을 넘어섰다. 또 포털사이트 '다음'에는 1만 1,000여 건의 '좋아요'와 4,000여 개의 댓글이 달렸다. 선생이 유명해서가 아니라 순전히 인터뷰 내용 때문이었다.

〈뉴스타파〉의 최승호 PD는 "2014년 새해의 큰 가르침으로 새겨두고 싶은 이야기입니다. 우리 사회에 이런 어르신이 계신다는 건 참 축복이네요"라고 했다. 한 네티즌은 "'쓴맛이 사는 맛이다'라고 말하는 이런 어른이 우리 시대에 있습니다. 어렵고 힘든 시절에 채현국 선생의 말씀을 함께 들어보고 새겨보면 좋을 것 같다"고 했다. 또 한 트위터리안은 자신의 트위터에 "'늙음'과 '낡음'이 어떻게 다른지를 확실히 보여주는 인생이네요"라며 찬사를 아끼지 않았다.

신문에 더러 실리는 이런저런 사람들의 전면 인터뷰 기사가 대중의 주목을 받은 예는 그리 흔치 않다. 설사 유명 인사라 해도 그랬다. 다들 빤한, 그렇고 그런 얘기로 지면을 채우기 때문이다. 그런데 선생의 인터뷰는 분명히 달랐다.

"노인들이 저 모양이란 걸 잘 봐두어라."

우선 기사 제목부터가 도발적이었다. 자기 자신도 노인이면서 노인을 향해 저런 말을 내뱉다니. 지금까지 그런 사람을 본 적이 없다. 노인은 대개 노인 편을 든다. 과부가 과부 심정을 안다고, 그건 인지상정(人之常情)이다. 그러나 선생은 그런 거 봐주지 않았다. 노인 세대를 어떻게 봐야 할지 젊은 세대들에게 한 말씀 해달라고 청하자 선생은 마치 기다렸다는 듯이, 아니 작심이라도 한 듯이 쏘아붙였다.

"봐주지 마라. 노인들이 저 모양이란 걸 잘 봐두어라. 너희들이 저렇게 되지 않기 위해서. 까딱하면 모두 저 꼴 되니 봐주면 안 된다."

이건 분명 '독설'이다. 보통의 경우라면 노인 입에서 나올 말은 아니다. 노인 세대와 무슨 철천지원수라도 졌다면 모를까. 일제 강점기에는 식민지의 노예로 살고 해방 후에는 이승만-박정희-전두환 독재 치하에서 숨 한번 제대로 못 쉬고 살아온 이들이 바로 지금의 노인 세대다. 평생을 죽어라 일만 하다 이제 겨우 살 만하니 저승이 멀지 않은 것이 바로 이 시대 노인들의 자화상이다. 선생 본인도 그 시대를 같이 살아왔으니 누구보다도 노인 세대의 신산(辛酸)을 잘 알 터. 그럼에도 노인들에게 어찌 이런 말을 해댈 수 있단 말인가. 모르긴 해도 아마 당시 질문자 역시 이런 답변이 나오리라곤 전혀 예상치 못했을 것이다.

선생의 답변은 거침이 없었다. 기존 상식으로 보자면 낯선 것들이 많아 마치 생선 가시가 목에 걸리는 것 같았다. 선생 또래의 노인들, 그리고 선생만큼 배우고 선생만큼 가진 자들은 선생처럼 얘기하지 않는다. 그 연세에 투사도 아니고, 세상과 무슨 원수를 진 사람도 아니면서 어떻게 그리 얘기할 수 있을까?

비록 중소도시라고는 하나 사립학교 재단 이사장이면 지역에서 알아주는 유지에 속한다. 그런 분의 입에서 평생 듣도 보도 못한 얘기들이 봄날 저수지의 봇물 터지듯 쏟아져 나오니 충격을 받지 않을 도리가 있나. 어떤 얘기는 비수처럼 내리꽂혔고 또 어떤 것은 추상(秋霜) 같아서 함부로 대하기도 어려웠다. 그런데 비단 나만 그런 것은 아니었다. 선생의 인터뷰가 실린 후 〈한겨레〉 기사에는 수백, 수천 개의 댓글이 달렸다. 한결같이 존경과 찬사의 말이었다. 세상을 두드려 깨우치는 죽비 소리에 목마른 자가 나 하나만은 아니었던 모양이다.

물론 그에 앞서 선생의 등장을 알린 예고편이 하나 있었다. 2013년 12월 17일, 같은 신문에 안도현 시인(우석대 교수)이 쓴 '채현국'이라는 글이 그것이다(인터뷰 기사보다 불과 보름여 먼저 나온 글이라 제때 읽진 못했다). 당시 안 시인은 '안도현의 발견'이라는 고정 코너에서 원고지 4매 분량이 채 되는 않는 짧은 글로 선생의 골간(骨幹)을 전했다. 그중 일부를 인용해 옮겨본다.

> 선생은 입을 열었다 하면 그 총명한 기억들이 숨 가쁘게 줄줄 따라 나온다. 처음 만났을 때부터 백낙청 · 신경림 · 구중서 같은 어르신들의 이름을 수박씨 뱉듯 툭툭 뱉어내셨다. 선생에게 세간의 권위 따위는 검불에 불과하다. 서울대 철학과 졸업 후 끼 많은 청년은 탄광을 하던 부친 채기엽의 사업을 이어받기 위해 현장에 뛰어든다.
> 언론인 임재경 선생의 회고에 따르면, 기자나 문인과 같은 지식인들에게 술과 밥을 먹이고 심지어 집을 사주는 일도 여러 차례 있었다고 한다. 민주화운동이 한창이던 시기에는 쫓기는 이들을 감싸고 뒤를 돌봐주는 일을 자청했다. 부잣집 아들이어서가 아니라 사람 자체를 좋아했다. 따뜻하면서 파격적인 채현국 이사장이 졸업식에서 하신다는 명언 하나. "상을 받는 아이들은 상을 받지 못하는 아이들 덕분에 상을 받는 거다." 서울대에 낙방한 아이에게는 이런 기막힌 위로를 건넨다. "서울대 다닐 것 없다. 서울

대 다닌 놈들이 더 아첨꾼 된다."

— 〈한겨레〉, 2013. 12. 17. '채현국' 중에서

뒤늦게 이 글을 읽고 나니 선생은 과연 전면에 걸쳐 인터뷰를 할 만한 사람이라는 생각이 들었다. 위에 인용한 글에서 내가 주목한 대목은 서울대 낙방생들에게 위로차 건넸다는 '기막힌' 말인데, 그건 선생이 서울대 출신이기 때문이다. 서울대 출신들이 적어도 이 땅에서는 행세깨나 하는 현실임에도 선생은 이런 얘기에 아무 거리낌이 없었다. 서울대 출신이면서 전혀 서울대 출신답지 않은 사람이 바로 선생이었다. 선생은 오히려 서울대 출신들이 거들먹거리는 행태를 평소 눈꼴사납게 여겼다. 선생에게 '서울대 출신'이라는 것은 삶에서 별다른 의미가 없었던 듯하다.

아비들도 처음부터 썩진 않았다

80대 전후의 선생 또래는 세계적으로도 유례가 드문 비극의 세대다. 우선 일제 식민지 지배하에서 태어난 것이 비극의 시작이다. 일제의 전쟁물자 수탈로 곤궁한 생활은 기본이요, 제 나라의 말과 글도 마음대로 사용할 수 없었다. 일제 말기 소위 국어상용(國語常用), 즉 일본말을 국어로 써야 했던 시절에 조선말을 했다가는 교무실에 끌려가 곤욕을 치러야 했다. 그 시절 국민학교(현 초등학교) 교사를 지낸 김남식 선생(작고)의 증언에 따르면, 다달이 조선말을 사용한 통계를 내서 해당 학생에게 벌칙을 주었다고 한다. 그때는 그리할 수밖에 없었지만 김 선생은 아이들에게 몹쓸 짓을 했다며 평생을 자책했다. 그리고 학교를 정년 퇴임한 후 속죄의 뜻으로 돌아가실 때까지 길거리 청소를 했다.

1945년 8월 15일, 일제가 패망하자 모두가 이 땅에 새 빛이 열릴 것이라

기대했다. 해방 이튿날 거리로 쏟아져 나온 서울 시민들은 목이 터져라 해방의 기쁨을 만끽하며 새날에 대한 기대로 부풀어 있었다. 그러나 일본군이 물러간 이 땅에는 새로운 지배자가 등장했다. 남쪽에는 미군이, 북쪽에는 소련군이 똬리를 틀었고 3년간 군정(軍政)이 시작됐다. 2차대전 종전으로 일제가 물러갔으니 완전히 우리 힘으로 해방을 일궜다고 보긴 어렵다. 그렇게 미군정 3년이 끝나고 남북 각각 정부를 수립했지만 비극은 끝나지 않았다. 동족상잔의 한국전쟁이 남북 모두를 초토화시키며 깊은 상처를 남겼다. 그 과정에서 수많은 희생이 있었고 극도의 이념 갈등은 지금까지도 한국 사회에 어두운 그림자를 드리우고 있다.

초근목피(草根木皮), 보릿고개로 상징되는 가난은 적어도 1960년대까지 계속됐다. 실지로 1960년대에 시골에서 어린 시절을 보낸 필자는 봄철이면 소나무나 찔레꽃의 새순 속살을 간식 삼아 먹었다. 점심때면 전교생이 운동장에 나와 미군 보급품으로 만든 강냉이죽으로 점심을 때웠다. 선생 또래는 그 시절 집안의 가장으로서 생계를 책임져야 했을 테니 그 고통을 헤아리기 어렵지 않다. 식민지와 독재, 그리고 가난 해결이라는 현실적 과제가 그들을 짓눌렀다. 그러면서도 집 팔고 논 팔아 자식들을 서울로 부산으로 유학시키며 미래의 꿈을 버리지 않았다. 일생을 고통 속에서 일만 한 셈이다. 오늘날 이만큼 살게 된 것은 분명 선생 세대의 피와 땀 덕분이라 할 만하다. 생각해보면 참으로 고마운 세대다. 선생도 그 시절을 어김없이 지나왔다. 식민지의 설움, 전쟁과 가난, 혼란과 독재, 그리고 민주화의 열기를 온몸으로 느끼며 살아왔다.

그런데 그런 선생이 또래의 노인들을 향해 분노와도 같은 독설을 토해냈다. 신산스러운 시절을 같이 보낸 동료들에게 공감은 몰라도 최소한 동정심이라도 느낄 만한데 말이다. 선생의 존재를 세상에 알리는 계기가 되었던 인터뷰의 한 대목을 보자.

"아무리 젊어서 날렸어도 늙고 정신력 약해지면 심심한 노인네에 지나지 않는다. 심심한 노인네들을 뭐 힘이라도 있는 것처럼 꾸며가지고 이용하는 거다. 우리가 원래 좀 부실했는 데다가… 부실할 수밖에 없지, 교육받거나 살아온 꼬라지가…. 비겁해야만 목숨을 지킬 수 있었고 야비하게 남의 사정 안 돌봐야만 편하게 살았는데. 이 부실한 사람들, 늙어서 정신력도 시원찮은 이들을 갈등 속에 집어넣으니 저 꼴이 나는 거다."

대체 선생의 분노는 어디서 시작되었을까? 무엇보다 젊어서 같이 고생한 사람들이 나이 들어 망가지는 모습이 제일 보기 싫었을 것이다. 선생도 노인들의 초기 모습은 변호한다.

"아비들이 처음부터 썩은 놈은 아니었어, 그놈도 예전엔 아들이었는데 아비 되고 난 다음에 썩는다고…."

그러면서도 가차 없이 칼을 들이댄다.

아프리카 속담에 '죽어가는 노인은 불타고 있는 도서관과 같다'는 말이 있다. 노인 한 사람은 한 시대요, 그 시대의 산 역사다. 개개인의 지적 역량과 경험치, 인품과는 별개로 노인은 그 자체가 보물과 같은 존재다. 앞으로 30년 정도 지나고 나면 일제 강점기를 산 사람은 지구상에 단 한 사람도 없게 될 것이다. 기록이나 간접경험으로 그 시대를 파악할 수는 있겠지만 당대를 산 사람의 증언은 영원히 들을 수 없게 된다. 위안부 피해 할머니들에게서 보듯이 노인은 그 자체로 역사의 기록물이다. 세상에 직접 보고 들은 경험만큼 소중한 가치는 없기 때문이다. 그런 점에서 노인에 대한 우리 사회의 대우와 인식이 성숙하지 못한 것은 분명하다.

하지만 문제는 그런 경륜을 갖춘 노인들이 '사회적 동물'로서 어떤 행보를 취하고 있느냐 하는 점이다. 선생이 주목한 것도 바로 이 지점이지 싶다. 사람이 나이가 들어가면서 보수화되는 것은 자연스러운 이치인 것으로 보인다. 뭘 새로 시작하고 벌리기보다는 기존에 갖고 있는 것을 지키려는 속성 같은 것 말이다. 그러다 보니 변화보다는 현재를 고수하는 경향을 보인다. 자연히 정치적으로는 진보보다 보수 쪽이다. 물론 정치적 지향이 보수라고 해서 문제될 것은 없다. 문제는 건강한 보수가 아니라는 점이고, 기존의 것을 고수하려는 자세 때문에 사회적 이익보다는 개인의 이익을 좇아 투표하는 것이 문제다. 물론 투표란 자기 계급의 이익을 대변하는 이들에게 한 표를 행사하는 행위다. 하지만 불행하게도 요즘 노인들은 그 무엇보다 지금 가진 집 한 채 지켜내는 것을 최고의 가치이자 과제로 삼는 것 같다.

몇몇 노인들은 일당을 받고 시위에 참여하며 여러 잡음을 만들기도 하는데, 노년의 삶이 그래선 안 된다. 모든 어린이가 제대로 훈육되고 보호받을 권리가 있듯 노인들은 존경받고 보살핌받을 권리가 있다. 그러나 우리 사회는 이를 제대로 해내지 못하고 있다. 또한 노인들 스스로도 존경받기 힘든 행동들로 젊은 세대와 불화한다. 아름답게 늙는 것은 노인들의 권리이자 의무다.

그렇다면 노인들은 왜 '저 모양'일까? 왜 저렇게 처참하게 무너졌을까? 개인적으로 추측건대 주체성의 부재, 혹은 상실 때문이 아닌가 싶다. 태어나면서부터 식민지의 노예였고, 이후에는 산업 역군으로 포장된 일꾼이었다. 그러면서도 배를 곯지 않는 것에 감사해야 했다. 그런 와중에 불행하게도 노예근성이 체화(體化)돼버렸다. 그 결과 비판력이 상실되고 권력 앞에서는 한없이 왜소해지는 비정상의 자아를 형성하게 되었다. 불행한 일이다. 작금의 현실을 보면서 선생은 젊은 세대 역시 끊임없이 공부하고 성찰하지 않으면 똑같은 꼴이 된다는 메시지를 던진다.

"자기 껍질부터 못 깨는 사람은 또 그런 늙은이가 된다. 저 사람들 욕할 게 아니라 저 사람들이 저 꼴밖에 될 수 없었던 걸, 바로 너희 자리에서 너희가 생각 안 하면 저렇게 된다는 걸 알아야 한다."

어른에 대한 갈증

선생을 인터뷰한 이진순 박사는 인터뷰 기사 도입부에서 "어른을 만나고 싶었다. 채현국 선생을 만나면 '어른에 대한 갈증'이 조금 해소될 수 있을까. 격동의 시대에 휘둘리지 않고 세속의 욕망에 영혼을 팔지 않은 어른이라면 따끔한 회초리든 날 선 질책이든 달게 받을 수 있을 것 같았다"고 말했다. 아마도 이런 생각은 비단 이 박사만의 것은 아닐 것이다.

'어른'은 동구 밖에 서 있는 오래된 느티나무 같은 존재다. 여름엔 동네 사람들에게 시원한 그늘을 제공하고 온갖 새들을 품어 쉬게 한다. 크고 넓은 품과 포용력, 그리고 연륜이 묻어나는 사람, 그런 존재를 우리는 어른이라고 부름직하다.

하지만 요즘 사회에는 존경할 만한 어른이 없다고들 한다. 물론 어른에 대한 기준이나 평가는 각자의 인생관이나 신념에 따라 다를 테지만 자기 희생적인 삶을 살아온 분들을 어른으로 꼽는 데 큰 이견은 없을 것이라 생각한다. 근자에 작고한 인물 가운데 언론계에서는 송건호 선생이나 리영희 선생 정도를 꼽을 수 있겠고 종교계에서는 성철 스님, 법정 스님, 그리고 말년 행적에 논란이 있긴 했지만 김수환 추기경 같은 분도 충분히 어른으로 불릴 만한 인물이다.

어른을 가늠할 수 있는 잣대가 있다면 '어른 찾기'가 쉽겠지만 세상에 그런 잣대는 없다. 다만 잣대를 대신하는 판단 기준은 더러 있다. 그 사람이 돈과 권력, 지식, 출세 등을 어떻게 바라보느냐 하는 것이다. 대부분의 사람들은 돈과 권력, 지식을 출세나 더 큰 권력을 얻기 위한 수단으로 삼는다. 한국 사회에서 대학, 그중에서도 서울대를 가려는 것은 결국 이런 것들을 얻기 위한 한 방편이다. 선생은 서울대 출신으로 배움이 결코 짧지 않고 젊어서는 제법 큰돈도 만졌다. 하지만 선생은 돈과 권력에 대해 다음과 같이 말했다.

> "권력하고 돈이란 게 다 마약이라…. 지식도 마찬가지고. 지식이 많으면 돈하고 권력을 만들어내니까…."

사실 아무리 맞는 말이라도 이런 얘기를 입 밖에 내는 사람은 별로 없다. 권력과 돈을 쫓아 부나방처럼 사는 사람은 대개가 그 불에 타 죽고 만다. 마약에 중독돼 허우적거리다 도랑에 고꾸라져 목숨을 잃고 마는 셈이

랄까. 그런데 사람을 사지로 이끄는 것이 비단 돈과 권력뿐인가. 지식은 또 어떠한가. 머리 좋고 공부 많이 한 사람들은 세속적으로 말해 출세(出世)를 한다. 말하자면 지식 기반의 권력자가 되는 셈이다. 이런 경우 지식은 약이 아니라 독이다.

선생이 세속적인 출세를 하고자 했다면 아마 할 수도 있었을 것이다. 선생은 서울대 출신에 한때 국내 굴지의 탄광업체 2세 경영인으로서 재산도 적지 않았다. 또 선생 주변에는 한 다리만 건너면 권력자와 선이 닿는 사람이 한둘이 아니었다. 이런 경우 대부분의 사람들은 권력의 달콤한 향기에 취해 권력의 품으로 달려가는 게 보통이다. 실지로 선생의 친한 벗들 가운데 그런 사람이 더러 있다. 그러나 선생은 그 길을 택하지 않았다. 그 대신 빛은 나지 않지만 꿈나무를 키워내는 육영사업을 필생의 업으로 택했다. 선생에게 효암학원 이사장 자리는 권력자의 자리가 아니다. 그저 운동장에 난 풀을 뽑고 교사들 등을 두드려주는 자리일 뿐이다.

아닌 말로 나이가 들었다고 해서 다 어른은 아니다. 나잇값을 해야 어른인 것이다. 그런데 한국 사회에서는 나이가 들수록 현명해지는 것이 아니라 점점 더 폭력적이 되는 경우가 많다. 나이 든 사람은 아무 때나 내키는 대로 마구 행동해도 된다고 생각하는 경향이 있다. 그리고 얼마간 실수를 해도 어른이니까, 노인이니까 이해해줘야 한다고 말한다. 젊은 사람들이 귀담아들을 만한 이야기를 하는 것이 아니라 '어른이 하는 얘기니까 그냥 들어!' 하는 식이다. 거기에 한마디 말대꾸라도 하면 '어디 어른한테!' 하는 식이다. 나이로 모든 것을 제압하면서 어른이 된다는 것이 무엇인지 제대로 생각해본 적 없는 노인들이 사는 사회인 것만 같다.

엄기호 선생(덕성여대 문화인류학과 강사)은 '제대로 늙고 싶다'라는 칼럼(《경향신문》, 2014. 1. 20.)에서 "나는 이런 사회에서 나이가 들어가는 것이 정말 겁난다. 늙고 싶지 않아서가 아니다. '제대로' 늙고 싶다. 그런데 아무리 주위를 둘러봐도 소리를 꽥! 지르는 어른들은 많아도 나이 드는 법을 제대로 보여주는, 따라 하고 싶은 어르신은 정말 찾아보기 힘들다"고 썼다. 나도 이 말에 전적으로 동감한다.

정답은 없다. 해답이 있을 뿐

선생에게 지식은 어떤 가치일까? 필자가 보기에 선생에게 지식은 자유로운 삶의 유희적 도구였을 뿐 적어도 출세의 수단은 아니었던 것 같다. 한 예로 엉뚱하게 들릴지도 모르지만 선생이 서울대 철학과에 입학한 것은 철학을 하기 위해서가 아니라 배우가 되기 위해서였다고 한다. 국문과, 독문과는 전부 작가를 길러내는 곳이었기 때문에 아예 갈 생각조차 하지 않았단다. 그리고 철학과에 입학한 그해, 당시 3학년이던 이순재 선배(탤런트, 국회의원 역임)에게 연극반을 꾸리자고 제안했다 한다. 그런데 선생이 연극을 시작한 동기는 아주 특별하다. 처음 만난 이튿날 서울로 올라오는 KTX에서 이 얘기를 듣고 나는 내 귀를 의심할 수밖에 없었다. 무대에서 "분노하라, 이승만!" 이 한마디를 하려 연극을 시작했다는 것이다. 정말 괴짜요, 유별난 사람이다.

또한 선생은 '파격'이라는 별명을 얻을 만큼 여러 면에서 파격적이다. 이 별명은 평생 동지이자 사사롭게는 사돈지간인 원로 언론인 임재경 선생(한겨레신문사 부사장 역임)이 붙여준 것이다. 젊어서의 갖가지 기행(奇行)은 물론이요, 80이 된 지금도 별로 변한 것이 없다. 언행은 물론이요, 생각도 파격적이다. 이런 파격은 고정관념을 산산이 깨부숴 버린다. 그래서 때론 상대방을 당황스럽게 만들기도 한다. 선생은 지식에 대해서도 파격적인 해석을 내놓는다.

"지식을 가지면 '잘못된 옳은 소리'를 하기가 쉽다. 사람들은 '잘못 알고 있는 것'만 고정관념이라고 생각하는데 '확실하게 아는 것'도 고정관념이다. 세상에 '정답'이란 건 없다. 한 가지 문제에는 무수한 '해답'이 있을 뿐. 평생 그 해답을 찾기도 힘든데, 나만 옳고 나머지는 다 틀린 '정답'이라니…. 이건 군사독재가 만든 악습이다. 박정희 이전엔 '정답'이란 말을 안 썼다. 모든 '옳다'는 소리에는 반드시 잘못이 있다."

진짜로 박정희 시대 이전에 '정답'이라는 말을 쓰지 않았는지는 잘 모르겠다. 다만 매사를 '정답'이라고 단정해버리면 다른 해석의 여지가 없다는 것을 표현한 말로는 매우 적절하다고 생각한다. 고정관념을 갖게 되면 사고의 폭이 한정되고 만다. 그리고 오랜 세월을 살면서 그 고정관념이 강고해지면 아집이나 독선으로 치닫기 쉽다. 옹고집(壅固執)이란 말이 바로 그런 뜻 아닌가. 선생은 세상에 정답이란 없고 해답이 있을 뿐이라고 말한다. 또한 틀린 것도 없으며 오직 다른 것이 있을 뿐이라고 말한다.

선생은 나아가 "통념의 지배를 받지 말고 지식의 지배를 받았으면 좋겠다"고 말한다. 작년 2월 제주에서 열린 한 포럼에 참가하여 '지식이 지혜는 되지 않습니다'라는 주제로 강연할 때 그런 말을 했다. 지식이 지혜로 승화하는 경우가 전혀 없지는 않다. 그러나 세계적으로 초고학력 국가인 대한민국 국민들의 민도(民度)를 보면 선생의 생각이 탁견임을 깨닫게 된다. 지혜는 '앎'에서 비롯하기보다 '슬기'에서 연유한다고 보는 것이 옳을 것이다.

'쓴맛이 사는 맛'이라니

선생의 인터뷰 내용 중 세인들에게 가장 인상적이었던 부분은 '쓴맛이 사는 맛'이라고 표현한 대목이 아닐까 싶다. 형용모순까지는 아니더라도 어쨌든 흔히 쓰는 표현은 아니다. 일반적으로 사람은 쓴맛보다 단맛을 좋아한다. 또 삶의 궁극(窮極)은 그 대상이 무엇이든 '달콤함'을 추구하는 데 있다. 당장은 고생을 하지만 이 고생을 잘 견뎌내면 언젠가 달콤한 삶이 열릴 것이라는 기대와 희망 속에서 살아가는 게 사람들이다. 물론 그런 기대와 희망이 전부 다 이루어지는 것은 아니다. 사람들은 필연적으로 인생에서 쓴맛을 볼 수밖에 없다. 따라서 쓴맛도 인생의 일부이며 쓴맛을 봐야 인생의 참맛을 안다는 명제가 성립된다.

선생이 이사장으로 있는 효암학원에는 개운중학교와 효암고등학교가 있다. 그중 효암고 정문 왼편에 대형 비석 하나가 가로로 서 있다. 원래 교

효암고등학교 정문 왼쪽에 서 있는 비석. 원래 교명을 새기려는 용도였지만 한쪽 귀퉁이가 깨지는 바람에 대신 '쓴맛이 사는 맛'이라는 말을 새겼다.

명(校名)을 새기려고 했는데 한쪽 귀퉁이가 깨지는 바람에 할 수 없이 지금의 용도로 쓰고 있다 한다. 바로 이 비석에 '쓴맛이 사는 맛'이라는 글귀가 새겨져 있다. 평소 이 글귀를 눈여겨본 사람이 몇이나 될까 궁금했다. 흔하다면 흔한 표현이고 철학적이라면 또 철학적인 표현이다.

쓴맛이 사는 맛이라니, 비관론이 아니냐는 질문에 선생은 오히려 '적극적인 긍정론'이라며 반박한다. 쓴맛조차도 사는 맛이며, 오히려 인생이 쓸 때 삶은 깊어진다면서 말이다. 그게 다 사람 사는 맛이란다. 그러자 인터뷰어가 "그럼 비문에 '쓴맛이 사는 맛이다.' 이렇게 새기면 어떻겠냐"고

물으니까 거기에는 손사래를 친다. “그렇게만 하면 나더러 위선자라고 할 테니 뒤에 ‘그래도 단맛이 달더라.’ 하고 덧붙이는 게 좋겠다”는 것이다. 선생이 염치를 알기에 하는 말이다. 뭔가 있어 보이기 위해 고상한 척하는 것은 선생과 생래적(生來的)으로 어울리지 않는다.

실제로 선생은 쓴맛을 좋아한다. 술집에서 소주가 나오면 으레 커피 가루를 찾아 그걸 소주에 타 마신다. 아스파탐의 단맛이 싫어 커피를 섞어 마신다는 설명이다. “소주의 단맛은 죽이고 싶도록 싫다”고 한다. 그래서 커피가 없으면 레몬 껍질을 얻어서 넣기도 한다.

선생은 80 인생에서 언제 쓴맛을 보았을까. 부친이 중국 땅으로 훌쩍 떠난 후 어린 시절을 반비렁뱅이로 보내고, 친형의 돌연한 죽음으로 정신적 충격을 겪기도 하고, 국내 굴지의 탄광사업을 하면서도 이런저런 일로 골머리를 앓았으니 인생 내내 단맛보다는 쓴맛이 더 컸을지 모르겠다. 하지만 역설적이게도 그런 쓴맛을 본 사람이야말로 단맛을 얘기할 수 있는 법이다.

그렇다면 선생이 말하는 인생의 ‘단맛’이란 무엇일까? 호의호식이나 높은 벼슬자리? 부귀영화? 전혀 아니다. 선생 사전에 이런 단어는 사어(死語)다. 선생이 말하는 인생의 단맛은 바로 ‘사람’이다. 그중에서도 좋은 사람. 선생은 “사람들과 좋은 마음으로 같이 바라고 그런 마음이 서로 통할 때 그땐 참 달다”고 했다. 예나 지금이나 선생은 사람을 좋아한다. 양산서 며칠 만에 한 번 서울에 올라오면 사람 만나는 게 주요 일정이다. 보고 싶은 사람은 멀리까지 찾아가서 만나기도 한다. 그래서인지 선생 주변에는 좋은 사람들이 참 많다. 인복(人福)은 타고난 모양이다. 임재경 선생이 사람 좋아하는 선생에 대한 이야기를 지면에서 밝힌 적이 있다.

"그는 맘에 맞는 친구들에게 밥과 술을 사주며 헤어질 때 차비를 쥐어주는 데 그치지 않고 셋방살이를 하는 친구들에게는 조그마한 집을 한 채씩 사주는 파격의 인간이다. 모두 어려운 시절의 미담이므로 나는 주저하지 않고 채현국의 도움으로 내 집을 처음 마련한 언론 종사자 넷의 이름을 들겠다. 황명걸(〈동아〉 해직기자 · 시인), 이계익(〈동아〉 해직기자 · 전 교통부장관), 한남철(소설가 · 전 〈월간중앙〉 기자, 작고), 이종구(〈조선〉 해직기자)가 곧 그들이다. 여기서 이름을 밝히지는 않겠으나 흥국탄광에서 일했던 친구들 중 집 장만하는 데 채현국의 신세를 진 사람은 숫자가 훨씬 여럿이다."

— 〈한겨레〉, 2008. 6. 9. "'셋방' 친구에게 집 사주는 의리' 중에서

돈이 신앙이 된 세상

물질 만능인 요즘 세태에 돈(재산)은 최고의 가치가 돼버렸다. 사람이 돈 때문에 살고 또 돈이면 뭐든 다 할 수 있다 해도 과언이 아니다. 가히 '황금만능시대'라 할 만하다. 그런데 선생은 돈에 대해 다른 생각을 가지고 있었다. 달라도 많이 달랐다. 다소 경멸 조였다.

사업을 해보니 돈 버는 건 정말 위험한 일이란다. 사람들은 잘 모르지만 '돈 쓰는 재미'보다 몇 천 배 강한 게 '돈 버는 재미'고, 돈 버는 일을 하다 보면 어떻게 하면 돈을 더 벌지, 그걸 자꾸 보게 된단다. 그 매력이 어찌나 강한지 아무도 거기서 빠져나올 수가 없다고 한다. 어떤 이유로든 사업을 하게 되면 정의든 삶의 목적이든 이런 것은 다 부수적이 되고 돈 그 자체만 남게 된다고 말한다.

얼핏 들으면 사업가 시절에 큰돈 벌어본 자의 오만 같기도 하다. 하지만 생각해보면 소위 기업가라는 사람들에게서 여태 이런 말을 들어본 적이 없다. 그저 나쁜 짓 안 하고 많이 벌어서 좋은 데 쓰면 그게 미덕이라고 여겼다. 경위야 어떻든 망한 기업에 대해서는 기업주가 무능한 탓이라며 비하했고, 규모와 수익을 키운 기업에 대해서는 기업주가 유능한 결과라며 칭송했다. 문어발식으로 확장을 하든 영세 상인의 피를 빨아먹든 무조건 많이 버는 게 기업가의 미덕처럼 되어버렸다.

그런데 선생은 그게 아니라고 단호히 말한다. 돈 버는 일에 한번 빠지면 자꾸 빨려 들어가게 되고 그렇게 되면 사회정의나 삶의 가치는 잃고 만다. 인간성을 상실한 채 그저 돈의 노예로 살게 되는 것이다. 무서운 애기다. 그런데 과연 여기에 주목하는 기업인이 몇이나 될까? 그들은 선생의 이런 애기에 신경이나 쓸지 모르겠다. 어떻게 하면 돈을 더 벌고 세금은 적게 낼 수 있을지 고민하는 데만도 시간이 부족할 것이다.

선생은 나아가 돈벌이가 '중독'을 넘어 '신앙'이 돼버렸다고 지적한다. 중독이라면 그게 나쁜 것이라고 의식이라도 하지만, 신앙이 되어버리면 비판력을 잃어 맹목적으로 추구하게 된다. 돈벌이가 신앙이 되면 권력과 명예도 신앙이 된다. 곰곰이 생각해보면 맞는 애기다. 돈벌이라고 하면 지식이나 육체는 물론 영혼마저 사정없이 내다 파는 세상이 됐다. 돈 앞에 신념과 지조를 판 지식인들이 얼마나 많은가.

굳이 여기에 언급하지 않더라도 우리는 매일 그러한 사람들의 면면을 보며 살아간다. 정부자금을 빼돌리고 노동자 임금을 착취하고 부동산 투기를 하고… 모두 돈 버는 데 혈안이 돼 있다. 돈 버는 일이 아니면 연구 사업도 뒷전이다. 독립기념관조차 돈벌이를 하는 세상이다. 대학에서도 '돈 안 되는' 학과는 모두 폐과시키고 있다. 그러면서 학교에서는 어린 학생들에게 인성이 중요하다며 정직하게 살라고 가르친다. 개중에는 기업을 키우고 큰돈을 벌어 좋은 일에 쓰겠다고 말하는 사람들이 있는데, 과연 실천 가능할까? 선생은 잘라 말한다.

"그거 전부 거짓말이다. 꼭 돈을 벌어야 좋은 일 하나? 그건 핑계지. 돈을 가지려면 그걸 가지기 위해 그만큼 한 짓이 있다. 남 줄 거 덜 주고 돈 모으는 것 아닌가?"

매섭다. 과거 큰돈을 벌어본 선생의 말이니 사람들에게도 설득력을 가질 것 같다. 미국 하버드대 교수직을 박차고 나와 농부가 된 스코트 니어링이 경계한 '부유함의 위험'을 생각나게 하는 말이다. 하긴 기업이나 장사 하는 사람 치고 큰돈 남는다고 말하는 사람은 드물다. 다들 늘 어렵다고 한다. 그러면서 큰 차 타고 좋은 집에 살며 주말이면 골프를 친다. 대체 그 돈은 다 어디서 나오는 것일까?

선생 말마따나 남 줄 거 덜 주고, 심지어 남 줄 거 안 주고 모은 돈일 가능성이 크다. 돈 벌어서 좋은 데 쓴다는 말에 어폐가 있는 셈이다. 선생은 모든 것은 이기면 썩고, 거기에는 어떠한 예외도 없다고 목소리를 높인다. 돈이나 권력은 마술 같아서 아무리 작은 것이라도 휘두를 게 생기기 시작하면 썩는다고 한다. 오직 돈을 벌기 위해 다른 사람들을 속이고, 심지어 죽이기까지 하는 요즘 세태에 정말 되새겨 들어야 할 얘기가 아닌가 싶다.

선생은 인터뷰에서 힘주어 말했다.

"자기 개인 재산이란 게 어딨나? 다 이 세상 거지. 공산당 얘기가 아니다. 재산은 세상 것이다. 이 세상 것을 내가 잠시 맡아서 잘한 것뿐이다. 그럼 세상에 나눠야 해. 그건 자식한테 물려줄 게 아니다. 애초부터 내 것이 아닌데…."

재산은 세상의 것

선생은 개인 재산 자체를 부정한다. 그렇다고 자본주의를 부정하며 공산주의처럼 모든 사람들이 재산을 공유하자는 말은 아니다. 말하자면 '재산은 세상의 것'이라는 뜻이다. 이 세상에 나서 얻은 재산은 내가 잠시 맡아 관리하는 것일 뿐이니 세상에 나눠야 한다는 것이다. 더 나아가 애초부터 모든 재산은 내 것이 아니었으니 자식한테 물려줄 것 또한 아니라고 한다.

하긴 따지고 보면 그리 심오한 얘기도 아니다. 모든 사람은 태어날 때 빈손으로 태어난다. 죽을 때는 주머니도 없는 수의 하나 걸치고 다시 빈손으로 돌아간다. 말 그대로 공수래공수거(空手來空手去)다. 부자나 거지나 구분이 없다. 이 평범한 진리는 누구나 알고 있는 바다. 하지만 이를 실천으로 옮기는 사람이 많지 않으니 유독 선생의 말이 새삼스레 들릴 뿐이다.

요즘은 대기업이나 재력가, 심지어 정치인들조차도 재단 만들기를 좋아한다. 무슨무슨 복지재단, 교육재단, 문화재단 같은 게 바로 그런 것이다. 그러나 실상은 재벌들의 '재산 빼돌리기'라는 지적도 많다. 이런 재단을 하나 만들어서 그곳에 기부하는 형식으로 돈을 내면 돈은 돈대로 제 호주머니에 쌓이고 세금은 감면받는 것이다. 이런 재단의 이사장은 대개 설립자 본인이나 그의 배우자인 경우가 많다. 돈도 챙기고 감투도 챙기니 꿩 먹고 알 먹고, 도랑 치고 가재 잡는 격이다. 선생 눈에 이런 모습이 곱게 보일 리 없다. "재단은 무슨…. 더 잘 쓰는 사람한테 그냥 주면 된다"고 잘라 말한다.

2011년 4월 8일, 효암고 기숙사 신축 개관식이 열렸다. 정해숙 전 전교조위원장도 초대를 받아 개관식에 참석했다. 정 전 위원장은 "효암학원은 바람직한 방향으로 운영을 제대로 하고 있어 놀랐다"며 "기숙사는 학생들이 편하게 공부할 수 있는 시설과 분위기로 잘 갖춰져 있었다. 단위학교든 기업이든 어느 현장에서든 책임자의 지도력이 얼마나 중요한지 실감한 사례였다"고 했다. 또 효암고를 방문했다가 기숙사를 구경한 한 인사는 자신의 블로그에 이런 글을 남겼다.

"이사장님은 집 짓는 예산에서 삥땅 뜯지 않고 교장 선생님도 뜯지 않고 원칙대로 지었는데 너무 잘 지은 결과를 낳았단다. 주변의 기숙형 고등학교에서는 예산 뜯어먹기 위해서 기숙사를 짓지 않았겠는가. 하여간 너무 잘 지어서 허가가 나지 않아 애를 먹었다고 한다. 천장에는 냉온풍기가 달려 있어서 시원한 공기, 뜨거운 공기가 나오고 바닥에는 온돌 보일러가 있어서 뜨끈뜨끈하고, 방마다 샤워실이 있어서 찬물, 뜨거운 물이 나온다. 시멘트 바닥이 아니고 대리석 바닥이다. 사실 너무 잘 지었다. 우리나라에서 서울대 기숙사가 제일 좋은데, 다들 서울대 기숙사보다 낫다고 했다."

– 블로그 〈먼 산〉
해우린, '강호를 등진 죽림 제일검, 채현국의 칼등에 쓰러지다' 중에서

돈은 누가 벌어다 주는가?

요즘 '갑질' 때문에 많은 문제가 불거지고 있다. 갑(甲)이 있으면 그 상대인 을(乙)이 있게 마련이다. 대기업은 중소기업의 갑, 공무원은 민원인의 갑, 의사는 환자의 갑이다. 둘 가운데 주도권을 쥔 갑이 을을 상대로 우위에 서는 일이 다반사다. 동서고금을 통해 봐도 그랬다. 문제는 우위 차원을 넘는 과도하고 몰상식한 갑질이다. 교양 없는 행동이요, 천박한 의식 때문이다. 자동차 부품을 만드는 중소기업 없이 완성 차는 생산될 수 없고, 민원인 없는 공무원은 존재할 수 없다. 환자 없는 병원은 문을 닫아야 한다. 정작 을로 인해 갑이 존재함에도 불구하고 갑들은 그걸 잘 인식하지 못한다. 잘못 배운 탓이다.

한국의 재벌가 가운데 그렇지 않은 집안을 찾기가 매우 어렵다. 다만 유한양행 창업자 고 유일한 박사만은 여느 기업가와 다른 길을 갔다고 자신

있게 말할 수 있다. 유 박사는 자녀들을 경영 일선에 투입하지 않았고, 자식들에게 회사 주식 하나 물려주지 않았다. 대학까지 공부시켜 주었으니 각자 알아서 살라고 유언장에 남겼다.

"기업에서 얻은 이익은 그 기업을 키워준 사회에 환원해야 한다."

"기업의 소유주는 사회이고 단지 그 관리를 개인이 할 뿐이다."

유 박사가 남긴 말이다. 그가 존경받는 이유가 바로 여기에 있다.

회사의 돈은 누가 벌어다 주나? 사장? 전무나 상무? 물론 그들도 제 몫을 하겠지만 돈을 버는 주역은 직원들이다. 생산직이 상품을 만들고 영업직이 내다 팔고 관리직이 안에서 살림살이를 잘 해나갈 때 회사에 돈이 벌리는 것이다. 아주 단순한 사실이다. 그런데 우리나라 기업주들은 그리 생각하지 않는 모양이다. 대다수의 재벌들이 저 혼자 뼈 빠지게 돈 벌어서 직원들을 먹여 살린다고 생각한다. 이런 오만과 망상은 대체 어디서 비롯되었을까? 아마도 직원들을 사업 동반자로 인식하기보다 종이나 머슴으로 인식한 탓이리라.

선생이 부친과 함께 경영하던 흥국탄광은 한때 소득세 납부 실적이 10위권에 들었다고 한다. 얼마나 많은 돈을 벌었을지 상상하고도 남을 정도다. 당시 탄광사업이 잘됐다고는 하지만 돈이란 그저 굴러 들어오는 것이 아니다. 광부들이 목숨을 걸고 지하 수백 미터에서 석탄을 캐고 이를 효율적으로 시장에 내다 판 결과였을 것이다. 당시 사주(社主)였던 선생의 부친과 선생만의 힘으로 이룬 것이 아니다. 선생은 여기에 대해 어떻게 생각할까? 순천언론협동조합 초청 강연에서 명쾌하게 밝힌 바 있다.

"나누어 먹기를 잘하면 성공합니다. 우리의 속성이 (돈 혹은 성과물을) 조금 늦게 나누어줍니다. 남들보다 앞에 나누어주면 생명을 걸고 돈을 벌어줍니다. 바로 그걸 했던 겁니다. 좀 힘들 때 먼저 나누어줍니다. (그러면) 목숨 걸고 벌어줍니다. 얼마나 뛰어난 사람이 오는지. 광부들 중에서 사무실 사무원까지 뽑았습니다. 서울대 졸업한 내 친구 놈들이 오면 광산에 먼저 집어넣었어요. 법대, 철학과 나온 놈도 경리 시키고. 자기 하는 일에 즐거움을 느끼게 해줘야 합니다. 돈을 번 것은 다 그 사람들 덕분이라는 겁니다. 광산 일 하다가 기자, 선생도 하고. 함께 사는 사람 모두가 신나게 하는 것을 자꾸 찾아내야 해요. 일을 통해서. 노래를 하든, 연극을 하든 어떻게 하든 신나게. 원리는 그랬어요. 운도 엄청 좋았어요. 돈 버는 비결은 약간의 상상력과 99%의 노력으로 이루어집니다. 나눠 먹기를 잘해야 합니다. 구멍가게도 마찬가집니다."

선생의 말대로라면 간단하다. 회사가 번 돈을 일단 직원들에게 잘 나누어준다. 이왕이면 제때, 아니 남들보다 먼저 나누어주는 것이 중요하다. 그러면 직원들이 회사를 위해 목숨을 바치고 뛰어난 인재들도 제 발로 찾아온다는 것이다. 따지고 보면 별다른 얘기도 아니다. 경영자가 잘해주는데 직원들이 열심히 일하지 않을 리 없다. 우수한 인재들이 모여드는 것도 당연지사다. 인건비 줄이려고 비정규직 고용하고 걸핏하면 구조조정으로 직원들 잘라내는 요즘 기업들의 세태와는 한참 거리가 멀다. 물론 그렇다고 해서 홍국탄광에 아무런 문제가 없었던 것은 아니겠지만 그럼에도 불구하고 선생이 기업을 경영하며 사람을 부리고 수익을 창출했던 방식은 작금의 현실과 비교해보면 상당히 독특했다.

책 쓰는 것은 뻔뻔한 일

이 책을 쓰기 위해 선생을 여러 차례 만났다. 선생의 구술을 듣고 녹취를 풀어 기록을 했다. 작업하는 중간에도 사실관계 확인을 위해 수시로 통화를 했다. 그때마다 전화 저쪽에서는 늘 비슷한 얘기가 들려왔다. 자신의 이야기가 책으로 나온다는 사실이 쑥스럽고 송구스러운 모양이었다. 남들은 유명 대필 작가에게 거액을 주고도 책을 내는 마당에 반기기는커녕 멋쩍다니. 시간을 두고 관찰해본 결과, 선생의 이런 겸양의 말은 입에 발린 겉치레 인사가 아니라 속마음에서 우러나온 것이 분명했다. 얼마 전 전화 통화 때 선생이 들려준 얘기가 지금도 귓전에 쟁쟁하다.

"나는 비틀비틀하며 살아온 인생이다. 또 비겁하게도 살아왔다. 어디 내놓을 게 없는 사람이다. 내가 뭘 이룬 게 있다면 그건 나 혼자서 한 게 아니다.

여럿이서 다 같이 함께 한 것이다. 내 주변에 마치 자신이 몸뚱이인 것처럼 행세한 사람이 더러 있었는데 그건 오만이다. 혹시라도 나를 영웅처럼 묘사하는 건 절대로 안 될 일이다."

물론 선생은 영웅이 아니다. 따라서 필자도 선생을 영웅으로 묘사할 생각은 전혀 없다. 그럴 이유도 없고 그래서도 안 된다. 오히려 객관성을 잃지 않았나 끊임없이 경계했다. 선생의 희생적인 삶과 생각, 가치관 등이 예사롭지 않은 것은 분명하지만 그렇다고 해서 없는 것을 일부러 지어내거나 검은 것을 희다고 쓸 이유는 없다.

국내에는 이미 수백 종의 자서전 혹은 평전이 출간돼 있다. 과거 벼슬깨나 하고 돈깨나 번 사람들의 얘기가 대부분이다. 과문한 탓인지는 몰라도 그 가운데 주인공의 삶을 제대로 기록한 책은 손에 꼽을 정도라고 본다. 태반이 미화, 찬양 일색이다. 실패담이나 인간적 실수 같은 건 찾아보기 어렵다. 그래서인지 한국에서 출간된 자서전은 인기가 없다. 오히려 논란과 비판을 야기하는 경우가 적지 않았다.

반면 서구에는 '전기문학(傳記文學)'이라는 장르가 있을 정도로 전기나 평전이 대중들에게 사랑을 받는다. 영웅들의 삶은 실패든 성공이든 그 자체로 후세에게 교훈이 되고도 남는다. 제대로만 쓴다면야 그만한 교재도 없다. 따라서 잘 쓴 전기는 작품으로서도 인기를 얻어 널리 회자된다. 아이작 도이처가 펴낸《트로츠키》, 러셀이 직접 쓴《러셀 자서전》등이 그렇다. 제2차 세계대전을 승리로 이끈 주인공 가운데 한 사람인 윈스턴 처칠

영국 수상은 6년 동안의 전쟁 경험을 토대로 《제2차 세계대전》을 출간했고, 이 작품은 1953년에 노벨문학상을 수상했다. 정치인이 쓴 책이 문학상을 받다니 놀라운 일이다.

인터뷰에서 밝힌 것처럼 선생은 자신의 이야기를 책으로 펴내는 것에 대해 "쓰다 보면 좋게 쓸 거 아닌가. 그거 뻔뻔한 일이다"라며 반대하였다. 남 앞에 나서길 좋아하지 않고 소탈하게 살아온 선생으로서는 응당한 반응이다. 심지어 선생은 "그렇게 쓰는 게(훌륭한 인물로 묘사되는 게) 싫어서가 아니라 그건 범죄이기 때문이다"라고 했다. 약간의 멋이 있다고 해서 비틀거리며 살아온 자신을 그렇게 (훌륭한 인물인 것처럼) 흉내 낼 일은 아니라는 것이다.

하지만 진정한 어른의 '조언'과 '충고'를 후대에 전승하고 기록하는 일은 참으로 중요한 작업이다. 특히 요즘 유행하는 '힐링'이나 '상담' 같은 자기계발서가 아닌, 삶으로 체화된 어른의 이야기가 청춘들에게는 스펙을 쌓는 일보다 소중할 것이었다. 이러한 내용을 오랜 시간 동안 설득한 끝에 허락을 얻어냈다. 조지 오웰은 "자서전은 수치스러운 점을 밝힐 때만이 신뢰를 얻을 수 있다. 스스로 칭찬하는 사람은 십중팔구 거짓말을 하고 있다."라고 말했다. 조지 오웰의 이 말을 가슴에 새겨두고 선생을 가감 없이 기록하겠다고 말씀드렸다. 그러면서 본인을 겸손한 사람이라고 생각하느냐는 질문에는 이렇게 말했다.

"아니요. 난 건방져요. 오만하고, 허영심도 많아요. 내 목숨을 건지기 위해 겸손을 실천할 뿐이지, 겸손한 사람은 죽어도 못돼요."

사실 겸손하지 않은 사람은 이렇게 대답하기 어렵다. 요즘 세상을 '자기 PR시대'라고 하지 않나. 경쟁 사회에서 살아남으려면 자기 자신을 알리고 자랑해야 한다. 그런데 정도껏 하지 못하는 사람이 부지기수여서 문제다. 손톱만 한 선행을 내놓으며 산더미같이 자랑해대는 자들이 넘친다. 자고로 낭중지추(囊中之錐)라 했다. '주머니 속의 송곳'처럼 재주가 빼어나거나 인품이 훌륭한 사람은 숨어 있어도 저절로 드러난다. 선생이 바로 그런 격이 아닐까 싶다. 나 잘났다고 떠벌리고 다니지 않아도 누군가 주목하는 사람이 있어 세상에 알려지고 기록되니 말이다.

진정한 언론인

선생 주변에는 언론인이 많다. 뒤에서 자세히 쓰겠지만 고 리영희 · 성유보 선생을 비롯해 남재희 · 임재경 선생 등 원로 언론인은 물론 현역 언론인들과도 교류가 많다. 선생 자신이 기자로 활동한 적은 없지만 이래저래 많이 보고 듣고 해서 언론계 사정은 잘 안다 해도 과언이 아니다.

세월호 참사 당시 진도 사고 현장의 유가족들 입에서 기자들로선 치욕스러운 말이 터져 나왔다. 기자와 쓰레기를 합친 '기레기'라는 말이 그것이다. 세월호 구조 관련 보도를 하면서 일부 언론이 현장 취재를 제대로 하지 않고 정부 발표만 받아 쓴 데 대한 분노의 목소리였다. 물론 전체 기자들을 두고 한 말은 아니지만 그렇다고 가벼이 들을 말은 아니었다. 기자들에게는 치욕스러운 조어이지만 어찌 보면 한국 언론의 현실을 제대로 짚은 말인지도 모른다.

이 시대에 진정한 언론인은 과연 있는가? 진정한 언론인은 어떤 언론인인가? 자답(自答)하자면 이 시대에도 진정한 언론인은 무수히 많다. 특정인의 이름을 거론하기는 좀 뭣하지만 열악한 환경에서도 좋은 보도를 하는 언론인들이 적지 않다. 한국 언론계가 이 정도라도 굴러가는 것은 소금과 같은 역할을 하는 그들이 있기 때문이라고 감히 말할 수 있다.

그럼 '진정한 언론인'이란 어떤 언론인인가? 특종 기자? 지사형(志士形) 기자? 한 분야에 전문지식이 있는 전문기자? 아니면 직장인으로서 성실한 기자? 사람에 따라 그 견해는 다를 수 있다. 선생은 어떻게 생각하고 있을까?

선생은 2014년 8월, 국민TV와의 인터뷰에서 "언론인들은 경제적으로 어려워도 즐거울 줄 아는 것부터 배워야 한다"고 말했다. 무릇 월급을 많이 받는 사람들은 썩게 되어 있으니 언론기관은 다 고생하고 굶어야 한다고도 했다. 그의 논리는 이렇다. 고생을 해보아야 민중의 고단한 삶을 이해할 수 있고, 그때 비로소 통찰력이 생겨 정직한 기사가 나온다는 것이다. 자기가 고생을 안 하는데 왜 고생하는 민중과 함께하겠냐는 말이다. 그러므로 언론은 민중과 같이 세속의 삶을 살기를 긍정하고 그 안에서 울화가 치밀어 오르는 것을 느껴야 한다고 말한다.

사실 사정이 괜찮은 몇몇 언론을 제외하면 이 사회에 배부른 기자들은 별로 없다. 지역신문이나 군소매체의 경우 월급이 100만 원대인 곳도 적지 않다. 광고가 주 수입원인 신문 · 방송사는 경제 사정이 어려워지면 연쇄적으로 타격을 입게 된다. 요즘 세간에는 '조물주보다 건물주'라는 말이 있는데 이를 언론계에 대입하면 '조물주보다 광고주'라 해도 큰 무리가 없다. 그렇다 보니 대기업을 비판하는 기사는 찾아보기가 쉽지 않다.

필자가 언론계에 입문한 초기인 1980년대 중반의 에피소드 하나. 일반 서민들이 자가용을 타기 시작한 것은 1980년대 중 · 후반부터라고 생각된다. 당시 필자가 다니던 신문사에서는 광고나 판매 담당 사원들에게 자가용을 사도록 권하면서 기름 값을 지원해줬다. 이후 기자들도 서서히 자가용을 타기 시작했는데 그 무렵 주말판에 '마이카(my car) 시대' 특집기사가 자주 등장했다. 당시만 해도 자가용이 대중화된 정도는 아니었으니 마이카는 독자들의 관심사라기보다 오히려 기자들의 관심사였다. 당시 서민 대다수는 대중교통수단을 이용하고 있었는데 신문지면에서는 어느새 자가용으로 옮겨가고 있었다. 유사한 사례는 또 있다. 아파트, 골프, 해외여행 등이 모두 비슷한 양상이었다.

선생 말이 맞다. 기자들이 배가 부르면 서민들의 삶을 모른다. 제 집 가진 사람은 집 없는 서민들의 고충을 실감할 수 없다. 주5일제 근무하는 기자가 토요일, 일요일에도 근무하는 사람들의 고충을 모르는 건 당연하다. 기자들도 생활인인 만큼 가족이 생계를 유지할 정도의 수입은 보장받아야 하겠지만 선생 말대로 과대한 수입은 기자 정신을 썩게 할 수 있다고 본다. 언론이 대다수의 서민을 소비자로 두고 있다면 그들을 위한 보도를 하는 것이 상식이다.

이 시대에 경제적 어려움을 즐길 줄 아는 언론인이 과연 몇이나 될까?

취업난 속에서 고임금의 유혹을 물리치고 건강한 언론매체를 향해 발길을 돌릴 젊은이가 과연 몇이나 될까? 단언하긴 어렵지만 그리 많지 않을 것이다. '악화(惡貨)가 양화(良貨)를 구축(驅逐)한다'는 그레섬의 법칙이 가장 맞아떨어지는 분야가 바로 언론계다.

왜 '거리의 철학자'인가?

선생은 '거리의 철학자'로 불린다. 언론인 출신으로 정치권에서도 잠시 활동한 남재희 전 의원의 말이다. 서울대 철학과를 나왔으니 철학자라 불리는 건 그렇다 치고, 앞에 '거리의'라는 수식어는 왜 붙었을까?

선생은 강단에서 철학을 강의하는 학자가 아니다. 철학공부래야 학부 4년을 마친 것이 전부다. 이후로는 기업가, 교육 사업가로 대부분의 삶을 보냈다. 그런데 남재희 선생이 굳이 '철학자'라 부른 것은 왜일까?

그에게 직접 물어본 것은 아니나 선생의 언행이 철학자적인 면모를 갖추고 있기 때문이 아닐까 싶다. 〈한겨레〉 인터뷰 이후 선생이 곳곳에서 행한 강연을 추적해보았다. 80 노구의 선생에게 특정 전문 주제를 강연해달라고 요청한 경우는 거의 없었다. 그냥 선생의 지나온 삶 자체가 강연 주제였다. 여러 건을 찾아서 들어봤지만 대부분 선생의 인생사에 가치관, 역사관, 세계관을 가미한 내용이었다.

선생의 매력을 꼽을라치면 파격적이고 철학적인 언사(言辭)를 첫손가락에 꼽을 수 있다. 도무지 가식이라곤 없다. 두려움도 없다. 평소 머리에 든 것을 말기 폐병환자가 각혈하듯이 토해내는 식이다. 덩어리로 한꺼번에 터져 나오기도 하고 샘물처럼 졸졸 흘러나오기도 한다. 특별히 메모 같은 걸 준비하는 법도 없는데, 언제 어디서 붙잡고 물어도 앉은 자리에서 두어 시간은 술술 토해낸다. 앞뒤도 없고 좌우도 없다. 좌충우돌에 종횡무진이다. 개인사부터 시대사까지, 정치부터 예술 · 철학까지 안 가는 데가 없다. 강의라기보다는 옛날 얘기를 듣는 것 같아서 쉽게 빨려든다. 자리에 앉으면 토크 모임이요, 거리에 서면 길거리 강연이 된다. '거리의 철학자'라는 수식어는 이래서 생겨난 모양이다.

선생은 강의 도중에 욕설을 툭툭 내뱉기도 한다. 의식적이기도 하고 무의식적이기도 하다. 나쁜 놈, 못된 놈 같은 건 욕 축에도 들지 못한다. 구사하는 언사도 거침이 없다. 점잖은 기득권 세력들은 선생 강의를 별로 좋아하지 않는다. 그들 취향이 아닌 것이다. 취향은커녕 오히려 선생의 강연에서 비판의 대상이 될 때가 많다.

청산유수, 박학다식과는 별개로 선생의 강연은 교훈적이다. 또 약자들에겐 힘이 된다. 그 대표적인 것이 "가난한 자의 특권은 의지(意志)밖에 없다"고 한 말이다. 나는 일찍이 이런 말을 하는 연사를 만나본 적이 없다. 한국 사회에서 가난한 자에게는 특권이 없다. 특권은커녕 오히려 '죄인' 취급을 당한다. 그런 이들에게 선생은 '의지'라는 특권이 있음을 깨우쳐주었다. 그러고는 의지로 특권을 일궈나가도록 힘을 실어주었다. 강퍅한 삶에 걸친 철학 한 자락이 때론 천금보다 귀할 때가 있다. 따뜻한 말 한마디가 사람의 마음을 열어주듯이 영혼을 두드리는 철학적 교훈 하나는 생에 활기를 불어넣어 준다. '쓴맛이 사는 맛.' 혹자는 이를 개똥철학이라고 얕잡아 볼지 모르겠지만 선생의 이 한마디가 어떤 사람에게는 인생의 등대가 될지도 모른다. 그야말로 거리의 철학이다.

거짓말이란 '거지의 말'

사람들은 종종 거짓말을 한다. 개중에는 거짓말을 입에 달고 사는 사람이 있다. 그런 사람이 하는 말은 '숨 쉬는 것 말고는 전부 거짓말'이다. 위기를 모면하기 위한 가벼운 거짓말은 대개 돌아서고 나면 바로 탄로가 난다. 반면 범죄성 거짓말은 조직적이고 지능적이라 엔간해선 잘 들통나지 않는다.

악의가 없는 거짓말도 있다. 그럴지라도 공식적인 자리에서 거짓말은 금물이다. 자칫 법적으로 문제가 될 수 있기 때문이다. 법정이나 국회 청문회에서 거짓말을 하여 무고죄나 위증죄로 처벌받는 경우가 그렇다. '선의의 거짓말'이라는 형용모순적인 말이 존재하기는 하지만 결국 거짓말은 일단 좋지 않은 것으로 인식되고 있는 것이 분명하다.

철학자들은 거짓말을 뭐라 정의했을까? 여기에는 크게 두 가지 입장이 있다. 우선 로마시대의 철학자이자 사상가인 아우구스티누스는 "그것이 가져다주는 이해(利害)나 결과와 관계없이 거짓말이란 속이고자 하는 의도를 지니는 거짓의 표명"이라고 했다. 그리하여 정도의 차이는 있겠지만 허위의 언명(言明)은 모두 죄로 간주했다. 반면 독일 계몽주의 철학의 거두 볼프는 거짓말을 "타자에 해가 되는 진실하지 않은 이야기"라 했고, 독일의 철학자이자 미학자인 바움가르텐은 "타인을 해치는 도덕적 허언"이라 했다. 그리하여 진실하지 않은 언사 중에서 타인에게 해를 끼치는 것만이 죄악으로 간주됐다.

비판철학의 창시자로 널리 알려져 있는 칸트는 윤리학적 고찰에서 거짓말 문제를 중시했다. 예를 들어 그는 이미 1764~65년경의 메모에 거짓말을 전혀 하지 않는 것이 '엄격한 책무'이자 '법의 감각'에 기초하는 것이며 이는 단순한 '인간애'의 문제가 아니라고 썼다.

작년 여름 인사동 술자리 모임에서 말끝에 선생이 거짓말에 대해 쾌도난마식으로 정리한 적이 있다. 선생은 거짓말을 '거지의 말'이라 정의했다. 이어 "스스로 살아갈 줄 모르는 거지가 하는 말이나 짓"이라고 부연했다. 좌중은 무릎을 쳤다. 거지가 하는 말이니 거짓말이라. 조금의 거스름도 없이 귀에 쏙 들어왔다. 남에게 빌어먹고 사는 사람을 흔히 거지라고 부른다. 그런데 거지는 단순히 '밥을 빌어먹는 사람'이 아니다. 스스로 생활을 꾸려갈 수 없는 사람까지도 포함한다. 생각하기에 따라 혹은 상황에 따라 다르겠지만 그런 사람이 하는 말은 보통 허언(虛言)과 허사(虛辭), 즉 거짓말일 경우가 많을 수 있다.

물론 거짓말에 대한 선생식의 정의는 국어사전에 없다. 선생 고유의 주장이다. 얼핏 보면 별것 아닌 것도 같다. 그러나 분명 아무나 꼬집어낼 수 있는 생각은 아니다. 책상머리에 앉아 철학적 사유나 언어학적 지식을 동원해낸다고 생각할 수 있는 것이 아니라 어디까지나 통찰력이나 직관이 뛰어나야만 가능한 생각이다. 선생과 어울리다 보면 이 외에도 더러 파격적인 언사(言辭)의 향연을 즐길 수 있다.

비틀거리며 산 인생

지금은 타계한 어떤 정치인이 자서전에 자신은 후회 없이 살았다고 쓴 걸 본 적이 있다. 조심스레 말하지만 그런 말은 오만이라고 본다. 대체 얼마나 잘 살았기에 80 평생에 후회가 없을까. 세상에 후회 없는 삶은 별로 없다. 고관대작에 올랐다고 해서, 수십 조의 부를 축적했다고 해서 후회 없는 삶은 아니다. 인생은 그런 게 전부가 아니기 때문이다. 삶의 후회란 모두에게 무거운 무게를 갖는다.

선생은 지나온 세월을 두고 "나는 비틀비틀하며 살아온 인생이다. 또 비겁하게도 살아왔다. 어디 내놓을 게 없는 사람이다"라고 얘기한 적이 있다. 겸손하다면 겸손한 표현이다. 어쩌면 진솔한 자기 고백일 수도 있다. 따지고 보면 선생은 많은 것을 누리고 살아온 편이다. 부친이 중국으로 떠난 후 한 시절 배를 곯으며 지내기도 했지만 그 시절엔 다 그랬다. 또한 첩 소생으로 태어났지만 생모 못지않은 어머니 밑에서 사랑받으며 컸다. 게다가 부잣집 아들로 태어났으니 뭘 더 바랄 것인가.

무항산 무항심(無恒産 無恒心). 대법관 출신으로 은퇴 후 아내와 함께 편의점을 경영하던 김능환 변호사가 대형 로펌에 들어가면서 인용한 말이다. 생활이 안정되지 않으면 바른 마음을 견지하기 어렵다는 뜻이다. 선생이 음으로 양으로 주변에 베풀 수 있었던 것도, 나름의 원칙과 사상을 지켜올 수 있었던 것도 따지고 보면 다 '넉넉함'에서 비롯된 것이라고 조심스레 말해본다. 물론 넉넉하다고 해서 모든 사람이 이타적(利他的)인 삶을 사는 것은 아니다.

선생은 지난 세월에 후회가 없을까? 솔직한 고백을 들어보자.

"어떻게 없겠소. 후회할 일이야 해야 할 일, 안 한 일 천지지. 비틀거리고 산 것이지. (…) 어느 놈이 명령한 것도 아니고 빚진 것도 아닌데 왜 그놈의 사명감 때문에 살아온 게 그 모양인지, 제일 후회스러운 게 사명감이에요. 그냥 솔직한, 순박한 마음으로 한 게 아니라 그래도 배운 놈으로 나라 덕으로 학교도 많이 다니고 했으니 해야지 왜 이따위 마음이 드는 거요 인간이. 거 좀 잘 먹고 잘살면 잘 먹고 잘살아서 고맙다 생각하면 될 건데, 잘 먹고 잘사는 새끼가 이럴 수는 없지 싶은 게, 인생이라는 게 잘하는 일이 하나면 못하는 일은 아흔아홉 가지인데, 밤낮 비틀거리고 사는데, 술 먹기 좋아하고 친구들 좋아하고 개소리는 밤낮 하고, 큰소리 친 죄로라도 해야지 이런 마음이 자꾸 드니까." - 김주완, 《풍운아 채현국》 중에서 후회 치고는 비교적 고급스러운 후회다. 보통 사람의 후회는 이렇지 않다. 그야말로 세상 잡사가 후회의 주를 이루는 것이 보통이다. 부모님에게 효도하지 못해서, 돈 벌 욕심에 친구를 속여서, 아니면 출세하려고 동료를 짓밟은 것을 후회한다. 더러는 하고 싶은 것을 못한 데 대한 원망이 있을 수도 있다. 그런데 선생의 후회는 그런 종류를 넘어 고급스럽기까지 하다. 그러나 어떻게 보면 당연하다. 선생 말마따나 선생은 누린 것이 많기 때문이다. 그런 사람은 시대와 사회에 대해 사명감을 가져야 한다. 배우고 누린 자의 기본이자 책무인 것이다. 선생의 말이 신선하고 울림이 있는 것은 이런 당연한 사명감을 가지고 있는 어른을 만나기가 힘들어서일 거다.

시시하게 살면 행복해진다

인생의 궁극적인 목표는 무엇일까? 아마도 행복에 도달하는 것이 아닐까 싶다. 공부를 하는 것도, 운동을 하는 것도, 돈을 버는 것도, 사랑을 하는 것도 모두 행복하기 위해서다. 공부를 해도 행복해지지 않는다면 사람들은 공부하지 않을 것이다. 운동도, 돈벌이도, 사랑도 결국 마찬가지다. 모두 다 행복해지기 위한 노력이다.

보통 사람들이 생각하는 행복의 기준은 '풍요로움'이다. 지식도, 돈도, 권력도 남들보다 넉넉하고 여유로운 상태. 다시 말해 행복해지기 위해 적어도 '평균 이상'의 '특별한 상황'을 추구하는 것이 분명하다. 학사보다는 석사나 박사를, 25평 아파트보다는 40평, 50평 아파트를 행복의 척도로 여긴다. 선생의 생각은 어떨까?

선생은 시시해야만 행복해질 수 있다고 믿는다. 그러려면 먼저 '시시'

가 무엇인지 잘 생각해야 한다. 평범하다, 독특하지 않다, 온갖 말로 쓰이지만 총체적으로 한가로운 것이 시시한 것이다. 비록 몸은 부지런해도 잠재의식이 한가롭다면 시시할 수 있다. 이때 잠재의식이 한가로우려면 행동은 정말 단순하고 소박해야 한다고 선생은 말한다.

대단한 걸 기대하는 사람에게 시시하고 싱겁고 재미없는 것은 실망스럽기 그지없다. 이런 것이 행복이라면 세상에 행복하지 않을 사람이 아무도 없을 성싶다. 선생은 이런 고정관념의 허를 찌른다. 부지런하지 않으면서 한가로운 것이 행복의 원천이라고 말이다. 몸이든 의식이든 행동이든 모두가 한가해야 행복해진다고 말한다.

영 싱겁기 그지없는 선생의 말은 한 번 뒤집으면 속뜻이 보인다. 시시하면 행복해지는 것이 아니라 한가로우면 행복해진다. 현대인들이 불행한 것은 물질이 부족해서가 아니다. 과거 1960~70년대보다 물질이 넉넉한데도 사람들의 삶은 그 시절보다 외려 팍팍하고 힘들지 않나. 물질이 우리에게 주는 행복을 도외시해서는 안 되겠지만 우리가 지금 힘든 것은 다들 바쁘고 여유가 없는 탓이다.

'감사전도사' 전광 목사는 《평생감사》라는 책에서 '일상의 소중함'을 역설한 바 있다. 시시하고 특별할 것이라곤 하나 없는 일상(日常)이 감사의 기본이다. 아침에 일어나 씻고 출근하여 일터에서 하루를 보내고, 저녁에 귀가해서는 식사 후 가족과 단란한 시간을 보내다 다시 잠자리에 드는 것. 이것이 평범한 사람들의 하루 일상이다. 오늘도 내일도 모레도 한 달 뒤에도, 어쩌면 1년 뒤에도 크게 변화하지 않는다. 보기 나름으로는 시시하고 지루하기 그지없다. 일상의 지루함을 탈출하기 위해 어떤 이는 일탈(逸脫)을 꿈꾸기도 한다.

그런데 전 목사는 이 소중한 일상이 행복의 출발이라고 주장한다. 논리는 간단하다. 일상이 깨지는 상황을 상상해보는 것이다. 어느 날 아침 침대에서 벌떡 일어나지 못한다면, 매일 출근하던 직장에 어느 날부터 출근할 수 없게 된다면, 그리고 어느 날부터 가족과 함께 할 수 없다면 어떨까? 불행이 시작되는 것이다. 건강에 문제가 생기고 실직을 하고 가족과 헤어지는 등 상황은 다양하다.

시시하다고 가치가 없는 것은 아니다. 반복적이다 보니 파격적이지 못할 뿐이다. 사람들은 밥의 소중함을 잘 인식하지 못한다. 왜냐하면 매끼 매일 먹기 때문이다. 그러나 두 끼, 세 끼만 굶으면 금세 밥의 소중함을 깨닫는다. 꼭 같은 이치다.

일상은 시시하다. 또한 식상하다. 그러나 시시하고 식상한 것은 보통 우리 곁에 있다. 왜냐하면 꼭 필요한 것이기 때문이다. 지나치게 부지런하고 바쁘게 살다 보면 그 소중한 가치를 인식하지 못한다. 한가롭고 느긋하게 인생을 관조할 때만이 그 소중한 가치를 발견할 수 있다. 행복은 그렇게 늘 우리 가까이에 맴돌고 있다. 선생은 우리에게 이렇게 권한다.

"적게 쓰고 가난하게 살고 발전이란 소리에 속지 말고, 훨씬 더 소박하게 살라."

세상에 나 정도 어른은 꽤 있다

누구나 마음에 품고 사는 사람이 한 명쯤 있다. 피붙이나 친구의 개념과는 차원이 다르다. 마음으로 통하는 동지, 사숙(私淑)하는 스승, 요즘 말로 멘토 같은 인물이라고 할까. 아무튼 이런 사람 하나쯤 가슴에 품고 살면 삶이 여유롭고 훈훈하다.

현명하고 신뢰할 수 있는 상담 상대자, 지도자, 혹은 스승 등의 의미로 쓰이는 '멘토(mentor)'라는 말은 《오디세이아》에 나오는 오디세우스의 충실한 조언자의 이름에서 유래했다. 오디세우스가 트로이전쟁에 출정하면서 그의 친구인 멘토에게 집안일과 아들 교육을 부탁했는데, 10여 년간의 전쟁을 마치고 돌아와 보니 멘토가 오디세우스의 아들을 잘 돌봤더란다.

다산 정약용이 34세 때의 일이다. 당시 병조참의(현 국방부 차관보)로 있던 다산은 천주교 사건에 연루되어 금정찰방(金井察訪)이라는 한직으로 좌천되고 만다. 금정은 지금의 충남 청양군 화성면 용당리, 찰방은 요즘으로 치면 역장(驛長)이다. 갑자기 지방 발령을 받아 준비 없이 내려가다 보니 다산은 볼만한 책 한 권 제대로 챙기기 못했다. 그러던 어느 날 이웃에게 반쪽짜리 《퇴계집(退溪集)》을 한 권 얻었는데, 그 속에는 퇴계가 벗들에게 보낸 편지글이 실려 있었다.

다산은 매일 새벽에 일어나 세수를 한 후 《퇴계집》에 실린 편지를 한 통씩 읽고 하루 일과를 시작했다. 새벽에 읽은 편지 내용을 정오까지 음미한 후 편지에서 만난 가르침에 자신의 생각을 보태 한 편씩 글을 써나갔다. 총 33편을 마칠 무렵에 다산은 규장각 부사로 복귀하게 된다. 이후 다산은 금정찰방 시절에 쓴 글들을 묶어 《도산사숙록(陶山私淑錄)》이란 제목을 붙였다. 남들은 낙담한 나머지 술로 보냈을 세월 동안 다산은 선현의 편지를 통해 자신을 성찰하고 앞날을 기약했다.

선생은 인터뷰 내내 이어지는 칭찬이 쑥스러워 견디기 힘들었는지 "세상에 나쯤 되는 어른은 꽤 있다는 걸 알았으면 좋겠다"고 했다. 그런 사람들이 누구인지 알려달라고 청하자 막힘없이 몇몇 이름을 꺼냈다. 감리교 임락경 목사, 권정생 작가, 박완서 작가, 김수영 시인 등등. 선생이 마음에 품은 사람은 대략 이런 정도였다. 전부 동시대를 살아온 사람들이다. 이 가운데 선생보다 연하인 임락경(70) 목사 말고는 모두 이미 고인이 되었다. 아무래도 선생은 선현(先賢)보다는 동시대인에 더 관심을 보인 듯하다.

임락경 목사는 선생과 여러 모로 닮은 점이 많다. 자유분방과 파격이 그

것이다. 임 목사는 스스로를 '돌파리(突破理, 이치를 돌파하여 깨달음)'라 부르며 강원 화천의 한 시골교회에서 장애인들과 함께 소, 돼지를 키우며 농사를 짓고 산다. 모여드는 장애인들을 거두자니 복지시설이 필요한데 법인 만들 돈은 없으니 선교단체를 생각해낸 것이다. 그가 마흔 넘어 목사 자격증을 딴 이유다. 1945년 전남 순창에서 태어난 임 목사는 초등학교 졸업이 학력의 전부다. 목사 자격도 교회의 속성 학위과정을 거쳐 비인가 신학원에서 땄다. 교파를 물으면 감리회, 장로회 대신 '예수 팔아 장사회'라고 답한다.

임 목사는 초등학교 졸업 후 중학교에 진학하는 대신 스승을 찾아 나섰다. 오산학교 교장으로 유불선과 성서 연구에 큰 획을 그은 사상가 유영모 선생, 거지와 고아, 결핵환자들을 돌보며 '맨발의 성자'로 불린 이현필 선생, 자기 땅을 희사해서 한국 최초의 나환자 치료 시설인 광주나병원을 설립하고 걸인과 병자를 구제하는 데 일생을 바친 최흥종 선생을 만나 가르침을 받고, 이후 지금의 길로 인생행로를 잡은 셈이다.

그의 교회엔 별도의 예배당이나 강대(講臺)가 없다. 가족이나 혈연에 얽매이지 않고 농사짓는 자유인으로 살아가는 그를 두고 이현주 목사는 "하나님이 큰 맘 잡수시고 내려보낸 사람"이라고 말했다. 그 또한 선생만한 어른임이 분명하다.

음지에서 민주 인사들을 뒷바라지하다

엄격히 말해 선생은 민주화운동가는 아니다. 박정희-전두환 독재 시절의 그 많고 많은 재야 단체, 각종 시국 선언에 이름 한 번 올린 적이 없다. 또 가까운 친구들은 줄줄이 감옥살이를 했지만 선생은 한 번도 감옥에 간 적이 없다. 그럼에도 선생은 범민주화운동권 인사로 불린다. 선생 주변에는 군사독재에 반대하다가 해직되거나 감옥에 다녀온 민주화운동가들이 널려 있는데, 그들과 이런저런 인연을 맺어오며 형편이 닿는 대로 뒤에서 그들을 도왔기 때문이다.

민주화운동 선상에서 선생의 공로라면 수배 시국 사범들에게 은신처를 제공하고 구속자를 빼내고 활동 자금을 지원한 것이라 할 수 있다. 선생 스스로가 밝히지 않아 자세히 알려진 것은 별로 없지만 운동권 사회에서 구전되고 있는 일들이 몇 있다. 그중 이미 활자화된 사례를 골라보면 대략 이렇다.

먼저 시인 김지하의 경우다. 1985년 5월23일, 서울 지역 5개 대학의 학생 73명이 서울 을지로 입구의 미국문화원 2층 도서관을 점거하고 농성을 벌였다. 당시로선 충격적인 사건이었다. 대학생들은 "광주 학살 지원 책임지고 미국 행정부는 공개 사과하라", "미국은 전두환 군사독재정권에 대한 지원을 즉각 중단하라", "미국 국민은 한미 관계의 올바른 정립을 위해 노력하라"고 요구했다. 이 사건은 1980년대 반미투쟁의 효시로 꼽힌다.

전두환 정권은 '전학련(전국학생총연맹)'과 그 산하단체인 '삼민투(민족통일 민주쟁취 민중해방 투쟁위원회)'가 이 사건을 주도한 것으로 보고, 그 배후로 서울대 지하운동조직인 '민주화추진위원회'를 지목했다. 또한 배후의 배후라며 '민청련(민주화운동청년연합)'에 혐의를 뒤집어씌워 민청련에 대해서도 수사를 시작했다. 공안 당국은 "한국 반미운동의 진원지는 민청련"이라고 선전하며 김근태 당시 민청련 의장과 이을호 제2기 상임위원회 부위원장 등을 연행해 살인적인 고문을 가했다.

그 무렵 김지하 선생은 모처럼 숨을 돌리고 있었다. 1975년 3월, '인혁당 사건' 규명 등을 요구하다가 구속되어 무기징역에 징역 7년형을 추가로 선고받고 복역하던 중 1980년 12월, 형집행정지로 석방된 데 이어 1984년에는 사면 복권과 함께 저작물이 해금돼 잠시 여유를 갖게 된 것이었다.

그런 김지하 선생에게 돌연 연락이 한 통 왔다. 상황이 좋지 않으니 일단 피하라는 내용이었다. 김지하 선생에게 이런 연락을 한 사람은 다름 아닌 선생이었다. 당시 중앙정보부장 보좌관으로 있던 이종찬(국회의원 · 국정원장 역임) 선생에게 귀띔을 받은 것이었다. 선생은 김지하 선생에게 도계 홍국탄광으로 가 숨으라고 일러줬다. 김지하 선생은 그 말을 들은 즉시 중앙선을 타고 강원도 삼척 도계로 내려가 몸을 피했고, 이를 계기로 당시 현장소장으로 있던 박윤배 선생과 형님 아우님 하는 사이가 되었다.

임재경 선생은 1980년 여름, 소위 '지식인 134명 선언' 건으로 서대문형무소에 수감됐다. 그러자 선생을 비롯해 여러 친구들이 임재경 선생을 감옥에서 꺼내려고 애를 썼다. 당시를 임재경 선생은 이렇게 회고한다.

> "이틀이 멀다 하고 만나던 친구들이 나를 서대문에서 꺼내려 무척 애썼다는 걸 뒤에 알았다. '파격' 채현국과 '호협' 박윤배는 당시 권부에 관계하던 각기의 인맥을 활용하여 나를 빼내려 무던히 뛰어다녔던 것인데 김재익(경제기획원 국장 · 청와대 경제수석 역임, 작고)과 이종찬(3선 의원, 국정원장 역임)이 곧 그들의 인맥이다. 채현국과 김재익은 대학 동기이고 박윤배와 이종찬은 고등학교 동기, 이종찬은 육사 생도 1학년 시절(1956년) 김상기(재미 철학자)를 통해 알게 된 사이이며, 1970년대 초 박윤배의 끈질긴 성화에 감응하여 여러 민주 인사를 뒤에서 도왔던 일은 김지하의 회고록에 나와 있다."
>
> ─ 〈한겨레〉, 2008. 6. 30. '김지하 · 리영희 · 이부영은 '옥중철인'?' 중에서

당시 서대문형무소에는 임재경 선생 외에도 동아투위의 이종욱 시인(〈한겨레〉 문화부장 역임), '김대중 내란음모 사건'에 연루된 청암 송건호 선생(〈한

겨레〉 초대 사장 역임)과 소설가 이호철 선생도 함께 옥살이를 하고 있었다. 임재경 선생은 친구들의 노력 덕분에 이들보다 두 달 앞서 서대문형무소에서 나왔다.

이런 뒷얘기는 도움을 받은 당사자가 증언이나 기록으로 남겨 그나마 알려질 수 있었다. 세상에는 겉으로 알려진 얘기보다 이면사가 더 중요한 경우가 많다. 김지하 시인은 선생이 경영하던 삼척 도계 탄광으로 피신했던 얘기 끝에 이런 내용을 덧붙였다.

"역사란 항용 드러난 것보다 감추어진 채 잊히는 것이 더 크고 많은 법이다. 우리의 민주화운동도 마찬가지여서 너무도 많은 부분이 잊히고 묻혔다. 그 묻혀버린 민중의 큰 삶 속에 채현국 선배, 이종찬 선배와 함께 바로 (박)윤배 형님의 생애가 포함되어 있다. 사람들은 〈창작과 비평〉지를 말하면 모두 대단하게 여기고 백낙청 씨나 리영희 씨를 들먹이며 대번에 존경의 몸짓을 취한다. 하긴 그 잡지와 그 두 분이 모두 민주화운동의 수훈갑인 것만은 틀림없다. 그러나 그 뒤에 감추어진 채 긴 세월을 줄기차게 활동한 윤배 형님을 아는 사람은 별로 없다. 그러나 기억이란 산 자의 윤리요, 뒤에 오는 자들의 책임일 게다."

— 〈프레시안〉, 2002. 10. 31. '김지하 회고록—나의 회상, 모로 누운 돌부처' 중에서

'박종철 고문치사 사건'의 은폐 · 조작 사실을 세상에 알린 이부영(국회의원 역임) 선생도 김 시인과 비슷한 말을 한 적이 있다. CBS 〈시사자키 오늘과 내일〉이 '6월 민주항쟁 20주년 특집'으로 마련한 프로그램에 출연한

이부영 선생은 "반대편 안에서 남모르게 민주화운동 편들기를 하고 있던 사람들, 은밀한 동조현상까지 다 담아내야 우리 민주화운동의 제 모습이 드러난다"며 그동안 역사적 평가를 제대로 받지 못했던 '바리케이드 건너편 사람들'의 역할을 강조했다. 그리고 '적진 내부에서' 민주화운동을 은밀하게 지원했던 대표적인 인물로 이종찬 선생을 꼽았다.

동시에 1970~80년대에 위험을 무릅쓰고 민주화운동 세력에게 자금을 지원해줬던 도계 흥국탄광의 박윤배 소장과 이선휘 노무과장을 거론하며 "이분들이 탄광업을 하면서 매달 민통련(민주통일민중운동연합)에 활동 자금 300~500만 원을 대줬다"고 증언했다. 지금 돈으로 못해도 3,000~5,000만 원을 매월 민통련에 대줬다는 얘기다. 물론 이 돈은 대개 선생한테서 나온 것이었다. 당시를 겪은 이부영 선생의 증언이니 틀림없는 사실일 것이다. 끝으로 서울대 운동권의 핵심 가운데 한 사람이었던 장기표(신문명정책연구원장) 선생이 선생 집에서 피신한 사실도 한 줄 추가해 두기로 한다.

하필이면 '지성(至誠)'인가?

작년 여름, 개운중학교에서 하룻밤을 자고 이튿날 학교 앞 식당에서 시래기 국밥으로 아침을 먹었다. 일행과 함께 다시 학교로 들어오는 길에 보니 정문 오른쪽에 큰 비석이 하나 서 있었다. 거기에 '지성(至誠)'이라고 새겨져 있었다. 전각가인 현노 최규일 선생의 글씨라고 했다. 많고 많은 글귀 가운데 왜 하필 '지성'일까? 돌에 글자를 새긴 이도, 이 돌을 학교 앞에 세운 이도 나름 생각이 있겠지만 굳이 물어보지 않았다. 누군가 이 글귀를 주목해 그 뜻을 헤아리면 그뿐이다. 《중용》 23장에 "오직 지극정성만이 세상을 바꿀 수 있다"는 말이 있다. 도대체 왜 지성인지, 필자 나름의 방식으로 답을 찾아보기로 한다.

지성은 지극정성의 준말이다. 여기서 생겨난 말이 '지성이면 감천'이다. 지극한 정성에 하늘이 감동했다니 그 정성의 깊이와 농도를 알 만하

개운중학교 정문 옆에 서 있는 비석.
전각가 최규일 선생의 글씨다.

다. 세상엔 노력해도 안 되는 일이 많다. 정성을 다한다 해도 몹쓸 병에 걸려 목숨이 경각에 달린 사람을 살릴 수는 없다. 그럼에도 어떤 이는 아랑곳 않고 지성을 다한다. 그래서 더러는 거짓말처럼 중병의 환자를 살려내기도 한다.

작년에 〈역린〉이라는 영화가 상영되었다. 정조 즉위 1년, 왕의 암살을 둘러싸고 벌어지는 궁궐 내의 숨 막히는 24시간을 그린 작품이다. '역린(逆鱗)'이란 용의 목에 거꾸로 난 비늘을 말한다. 자고로 이 역린을 건드리는 자는 화를 입어 목숨을 잃는다고 한다.

당시 상책(정재영 분)이 《중용》 23장을 읊는 장면이 화제가 되었다. 상책은 왕의 서책을 관리하는 내관이다. '개혁군주'로 불리는 정조는 평소 학문을 좋아하고 학자들을 아꼈다. 평소 경연(經筵)을 열어 신하들과 학문을 토론하기도 했다. 어느 날 정조가 신하들을 시험하려 모두에게 《중용》 23장을 외워보게 하였다. 그러나 아무도 이를 외지 못했다. 정조는 측근인 상책에게 외울 수 있는지 물었고, 상책은 이내 《중용》 23장 구절을 나지막이 읊어 내려갔다.

작은 일도 무시하지 않고 최선을 다해야 한다.
작은 일에도 최선을 다하면 정성스럽게 된다.
정성스럽게 되면 겉에 배어 나오고,
겉에 배어 나오면 겉으로 드러나고,
겉으로 드러나면 이내 밝아지고,
밝아지면 남을 감동시키고,
남을 감동시키면 이내 변하게 되고,
변하면 생육된다.
그러니 오직 세상에서 지극히 정성을 다하는 사람만이
나와 세상을 변하게 할 수 있는 것이다.

그런가 하면 불과 100여 년 전까지만 해도 병든 부모에게 자신의 생살을 베어 먹인 사람이 있었다. 독립운동가로 널리 알려진 백범 김구(金九) 선생이다. 21세 되던 해인 1896년 3월, 황해도 해주 치하포에서 일본인

스치다(土田讓亮)를 척살한 백범 선생은 해주감옥을 거쳐 인천감옥에서 옥살이를 한다. 2년 뒤 감옥을 탈출한 백범 선생은 공주 마곡사에서 한동안 중노릇을 하다가 1899년 가을에 환속하여 집으로 돌아온다.

집에 돌아와 보니 연로한 부친이 병으로 위중한 상태였다. 이미 탕약도 듣지 않을 정도로 상태가 심각해 백약이 무효했다. 백범 선생은 결국 자신의 허벅지 살을 베어내기로 결심한다. 상태가 위중한 부모님을 살리기 위해 자신의 손가락을 잘라 생피를 드시게 했다는 효자 얘기는 더러 들어보았지만 허벅지 살을 베어냈다는 얘기는 흔치 않다. 부친에게 달리 드릴 것이 없었던 백범 선생은 부모님께서 주신 몸이라도 내어 드리고 싶었던 것이다. 손톱 밑에 가시 하나가 들어가도 고통스러운 법, 하물며 마취도 하지 않은 채 제 손으로 제 살을 베어냈다면 그 고통이 얼마나 심했을까. 그것도 두 차례나. 백범 선생은 혹여 어머니가 알면 속상해할까 봐 몰래 살을 베어냈다 한다.

백범 선생의 부친이 돌아가신 날은 12월 9일로 초겨울이다. 난방이 제대로 되지 않는 시골집인 데다 빈소조차 뜰에 만들었다 하니 삼베옷에 굴건제복 차림으로 얼마나 떨었을지 짐작이 간다. 게다가 백범 선생은 외아들이어서 혼자 문상객들을 맞아야 했다. 문상객이 오면 일일이 조문을 받아야 하니 엎드리고 일어설 때 살점 베어낸 허벅지의 고통은 또 얼마나 심했을까. 오죽하면 "조객 오는 것조차 괴로워 허벅지 살 벤 것을 후회하는 생각까지 났다"고 했겠나. 사람이 고통을 견디는 데는 한계가 있다. 맨 정신으로 지극정성을 다하자면 초인적인 노력이 필요하다.

이토록 지극정성의 삶을 산 이들의 이야기는 지나치게 즉물적인 삶을 사는 현대인들에게 많은 것을 시사한다. 학교 앞 비석에 새겨진 글귀를 보니 '지성의 마음으로 살았던 적이 있었나' 싶어 정신이 번쩍 들었다.

상대방 입장에서 알려주라

선생과 함께 있으면 즐겁고 놀라울 때가 많다. 동서고금을 넘나드는 해박한 지식을 거침없이 토로하는 달변가인 데다 낯선 경상도 사투리와 유머, 재치까지 구사하니 재미있지 않을 수가 없다. 게다가 이따금씩 누군가를 '야지 놓으며' 골려주면 그 즐거움은 배가 된다.

한번은 인사동 술집 '천강'에서 소설가 구중관 씨 등과 어울린 적이 있다. 그날 필자와 선생이 먼저 도착하고 구 선생은 나중에 합류하기로 돼 있었다. 천강은 간판도 잘 보이지 않는 데다 골목 끝집이어서 초행길에는 찾기가 쉽지 않다. 그래서 선생이 구 선생에게 전화로 위치를 몇 마디 일러주었다. 그런데 구 선생이 그로부터 불과 10분도 안 돼 문을 열고 들어섰다.

하도 신기해서 어떻게 그리 빨리 찾아왔는지 구 선생에게 물었더니 우리 둘의 얘기를 들으며 빙긋이 웃고 있던 선생이 한마디를 툭 던졌다. "상대방 입장에서 알려주면 돼요!"

더도 덜도 말고 딱 이 한마디였다. 알고 보니 두 사람은 이 인근에서 자주 만나 서로 주변 지리를 훤히 알고 있었다. 그래서 선생이 포스트가 될 지점을 하나 찍어주자 그다음부터는 눈먼 봉사라도 찾아올 수 있었던 것이다. 나는 무릎을 쳤다. 이리도 간단한 것을. 나 같으면 한 5분은 설명했을 것이다. 내 기준이 아니라 상대방 입장에서 알려준다는 것이 얼마나 중요한지 이때 절로 깨우치게 됐다.

요즘 어디서나 '소통'을 강조한다. 여야 간에도, 세대 간에도, 노사 간에도 소통이 중요하다고들 얘기한다. 그러나 정작 그들 간 소통은 원만해 보이지 않는다. 여기에는 이유가 있다. 다들 제 입장에서 제 얘기만 하기 때문이다. 여당은 여당대로 제 얘기만 하고 야당은 야당대로 제 주장만 한다. 세대 간, 노사 간에도 마찬가지다. 다들 자기가 하고 싶은 얘기만 하다 보니 접점(接點)도 없고 말도 통하지 않는다. 우리는 상대방 입장에서 얘기하는 데 익숙하지 않다. 심지어 상대방을 배려하면 진다고 생각하는 경향마저 있다. 물론 개인의 탓만은 아니다. 우리 사회가 늘 남을 이겨야 한다고 가르쳤기 때문이다. 그리고 불행하게도 이제는 그렇게 하는 사람들이 진짜로 살아남아 능력을 인정받는 지경에까지 이르렀다.

오스트리아 출신의 작가이자 경영학자인 피터 드러커는 "의사소통 중에서 제일 중요한 것은 상대방이 말하지 않은 소리를 듣는 것이다"라고 했다. 미국의 작가이자 수필가인 A.M. 린드버그는 "훌륭한 의사소통은 블랙커피처럼 자극적이며, 후에 잠들기가 어렵다"고 했다. 두 사람의 말을 조합해보면, 상대방이 말하지도 않은 것에 대해서까지 귀 기울여 소통할 수 있다면 그 여운은 잠들기 어려울 정도로 오래간다. 아마도 이런 소통이 이루어진다면 오해는커녕 서로 간에 완벽한 공감대를 자아내고도 남을 것이다. 여기서 핵심은 상대방 입장에서 생각한다는 점이다. 반대로 상대방의 입장을 감안하지 않는다면 어떨까. 그 결과가 얼마나 큰 오해와 사고를 불러올지 상상조차 할 수 없다.

의사소통의 최악은 동문서답(東問西答)이다. 질문에 맞지 않는 엉뚱한 대답을 하니 의사소통이 제대로 될 리 없다. 1990년대 초반 국회에서 실지로 이런 일이 있었다. 그해 여름에 채소 값이 금값이라 도시 소비자들의 불만이 팽배했다. 소비자들은 당국을 향해 수급 조절을 해주든지 아니면 가격을 조정해달라고 아우성을 쳤다. 급기야 국회 농림수산위원회에서 당정회의를 열게 됐는데 국회 농림수산위원장이라는 사람의 말이 가관이었다. 그는 사람들의 아우성을 도저히 이해할 수 없다는 듯한 말투로 "통배추가 비싸면 열무나 오이 등으로 김치를 담가 먹으면 될 것 아니냐"고 했다. 배추 값만 아니라 채소 값 전체가 올라 있었는데 이런 뚱딴지같은 소리를 해댄 것이다. 불난 집에 부채질하는 것도 아니고, 상대방 입장을 전혀 고려하지 않은 발언이었다.

더도 말고 덜도 말고 채 선생이 구중관 씨 입장에서 술집 위치를 알려준 것처럼 우리 사회가 조금이라도 상대방의 사정과 마음을 헤아릴 줄 아는 성숙함과 미덕을 갖추기를 소망한다.

꽃보다 노년, 폼 나게 늙기

2013년에 〈꽃보다 할배〉라는 프로그램이 인기를 끌었다. tvN에서 방영된 프로그램인데 여기에는 이순재 씨를 비롯해 신구, 박근형, 백일섭 씨 등 원로 탤런트와 이서진 씨가 출연했다. 평균연령이 77세인 이 할배들은 파리-스위스, 대만 배낭여행에서 젊은이 못지않은 열정을 과시해 주목을 끌었다. 중국 동방위성TV에서 중국판 '꽃보다 할배'인 〈화양예예(花樣爺爺)〉를 편성할 정도로 해외에서도 인기를 끌었다.

북 칼럼니스트 최보기 씨가 한 일간지에 미국인 교수가 펴낸 《잃어 가는 것들에 대하여》라는 책을 소개한 적이 있다. 여기에서 최 씨는 "나이가 50이 넘은 분들에게만 권해 드리는 책입니다. 부제가 '나이가 들어야 만나게 되는 행운들'이다시피 어떻게 해야 폼 나게 늙을 것인지를, 폼 나게 늙고 싶어 하는 대학교수의 '늙음과 지혜'에 대한 성찰이기 때문입니다"라고 했다. 말하자면 이 책은 은퇴 이후 노년 세대의 교양서인 셈이다.

저자인 윌리엄 이안 밀러 교수(미시간 로스쿨)는 나이 듦을 두려워하는 사람들에게 '나이가 들며 잃는 것과 얻는 것'이라는 주제를 재치와 학식으로 유쾌하게 들려준다. 나이가 드니 젊었을 때는 가지지 못했던 지혜와 현명함, 그리고 자신의 삶을 돌볼 줄 아는 여유로움을 갖게 되었다고 말한다. 나이에 얽매이는 사람들에게 뜻밖의 행운을 선사하는 셈이다.

책 목차 바로 앞에 있는 글귀 "나이가 들수록 육신은 점점 추해지고 정신도 부패할 뿐이라네"는 셰익스피어의 《템페스트》를 인용한 것이다. 실지로 나이가 들면 영육이 모두 무기력해지기 쉽다. 그러나 저자는 보통 사람들의 이런 태도에 날카로운 일침을 가한다. 나이가 들면 잃는 것도 있지만 새로이 얻는 것도 있다는 것이다. 그런데 나이 든 사람들이 그것을 깨닫지 못하니 문제다.

흥미로운 것은 이 책을 소개하는 내용에 저자인 밀러 교수보다 선생이 더 비중 있게 등장하고 있다는 점이다. 최 씨가 선생의 인터뷰 기사를 읽고 난 후 이 책을 만났기 때문이다. 그는 인터뷰의 '울림'이 좀 더 이어지도록 '나이와 늙음'에 대한 책을 소개할 요량으로 서점을 서성이다가 이 책을 발견했다고 한다. 그러니 선생이 글의 주인공으로 등장하는 것은 당연지사겠다. 최 씨는 이 책을 통해 여러 면에서 우리보다 선진국이라고 하는 미국을 살아가는 '어른'들의 남다른 면이 무엇인지를 볼 수 있어서 유익했다고 평했다. 그러면서 우리 시대의 어른들과 견주어 의미심장한 지적을 했다.

"이 대목이 중요한 이유는 이제 우리나라의 미래에 큰 영향을 끼칠, 특히 투표권의 주력 인구층과 부의 지도가 모두 50세 이후로 이동했기 때문입니다. 따라서 50세 이후의 사람들이 얼마나 폼 나고, 현명하게 나이를 먹느냐는 것이 현재 그분들의 뒤를 따르는 젊은이, 앞으로 태어날 손자나 손녀들의 복 된 운명에 중요한 열쇠가 될 것이란 점입니다."

– 〈머니투데이〉, 2014. 1. 11. '잃어가는 것들에 대하여' 중에서

최 씨가 지적한 내용을 한마디로 요약하자면 요즘 한국의 노인들은 '폼 나게' 살지 못하고 있다는 얘기다. 여기서 '폼'이란 화려하게 치장한 겉멋이 아니다. 밀러 교수가 언급한 지혜, 현명함, 경륜, 여유 같은 것이다. 그런 걸 요즘 한국 노인들에게서 찾아보기 어렵다는 얘기로 들린다. 〈꽃보다 할배〉에서 할배 연예인들이 인기를 누린 이유는 젊음 못지않은 열정 때문이었다. 물론 그들은 남부럽지 않은 여유를 가진 사람들이므로 그들을 항간의 노인들과 단순 비교하는 건 무리가 있다.

그러나 비단 그 이유 때문만은 아니다. 요즘 노인 세대들의 급속한 보수화를 보면 실망감이 앞선다. 지난 18대 대선에서 노년의 표심이 당락을 갈랐다는 분석이 있는데, 과연 그들의 선택이 옳았는지 묻고 싶다. 시대정신과 보편적 상식에서 볼 때 그들의 판단, 선택이 옳았는지 궁금한 것이다. 온갖 인생풍파를 거친 어른으로서 보다 멀리 내다보는 여유와 지혜를 보여줬는지 의문이다.

이런 점에서 선생의 삶과 생각은 의미가 남다르다. 불의한 세상에 대해

거침없이 내뱉는 일갈(一喝), 제 것만 챙기지 않는 이타심과 너그러움, 노소(老少)를 가리지 않는 원만한 대인관계와 허심탄회한 소통, 후세 교육에 쏟는 열정, 검소한 생활과 소탈한 인간미와 신세대 감각까지. 요즘 세상에 이렇게 늙은 사람을 만나기 쉽지 않다. 결코 필요 이상으로 선생을 과대 포장하는 게 아니다. 그냥 드러난 사실만으로 필자가 만나본 소감이 그렇다. 애 · 어른 할 것 없이 선생을 좋아하는 것은 바로 이런 이유에서다. 작년 4월에 아는 형을 따라 선생을 한 번 만났다는 청년은 자신의 블로그에 이렇게 썼다.

"채 할아버지는 내가 최근에 만난 사람들 중 가장 젊었다. 가장 젊다는 건, 뭣도 모를 때나 가질 수 있을 것 같은 호기가 넘치는 사람이었다는 뜻이다. 이 팔순 청년에겐 '어쩔 수 없는 일' 따위란 없어 보였다. 할배는 시종일관 우리 사회에 만연한 각종 부조리들을 격한 뜨거움으로 비판했다. 인생의 맛이란 맛은 다 본 나이에, '이러한 문제들을 해결한다는 게 얼마나 어려운 일인지' 같은, 고려할 게 많고 많은 어른들의 사려 깊음을 제쳐둘 수 있는 사람을 만난다는 건 큰 울렁임이었다.

채 할아버지는 내가 최근에 만난 사람들 중 가장 오래 산 사람이기도 했다. 가장 오래 살았다는 건, 가장 오래 살아 있었다는 뜻이다. '어떤 사람은 25세에 죽어버리면서 장례식은 75세에 치른다.' 벤자민 프랭클린이 한 말이다. 숨 쉬는 시체들이 판치는 세상에, 순간순간을 '살아 있다'는 자각과 함께 살아낸 사람의 이야기를 듣는다는 것은 무척이나 신나는 일이었다.

박식함, 문학적 감수성, 넘치는 에너지, 쾌활함, 겸손함, 격의 없음, 이 팔순 노인네를

빛내주는 건 한두 개가 아니었다. 그렇지만 무엇보다도 빛났던 것은 그의 자존감이었다. 그는 있는 그대로의 스스로를 오롯이 사랑하는 사람이었다. 그리고 그 사랑은 쉽게 자신뿐 아니라 다른 사람으로 향했다. 그래서 그런지, 그의 모든 생각은 그를 거쳐서 나온 것이었다. 그는 앵무새가 아니었다. 그리고 그 생각들은 쉽게 자신뿐 아니라 다른 사람으로, 공동체로, 인류로 향했다.

나는 그처럼 인생을 잘 산 사람을, 잘 살고 있는 사람을, 잘 살 사람을 많이 보지 못했다. 우리 시대의 어른이라 할 만하다. 반차 잘 썼다."

– 블로그 〈바보들의 세상 아름다운 세상〉
파프리카에페리카나가, '채현국 할아버지 만난 날' 중에서

2부

분노하라 저항하라

– 이 땅의 청춘들에게

“

당하고도 안 ‘달겨드는’ 사람들은 싫다. 옳지 않으면 거부하고 저항할 줄 아는 국민이어야만 안전하고 편안한 사회를 지킬 수 있다.

”

묻고 배우고 깨우치는 삶

삶이란 무엇일까? 삶의 본질은 또 무엇일까? 삶은 과연 살 만한 가치가 있을까?

고래로 선인들은 이러한 질문을 던져왔고 현세를 사는 사람들 역시 이러한 원초적 질문을 끊임없이 던진다. 푸시킨은 〈삶〉이라는 시에서 "삶이 그대를 속일지라도 슬퍼하거나 노하지 말라"고 했다. 왜일까? 삶을 미리 다 알면 재미가 없으니까? 가수 김국환 역시 〈타타타〉라는 노래에서 "한 치 앞도 모두 몰라 / 다 안다면 재미없지"라고 했다.

노인은 그 자체로 삶이 체화된 인간 화석이다. 잘 산 삶은 그 자체로 '인생 교과서'라 할 만하다. 선생은 올해로 만 80세다. 한국인의 평균수명인 82세를 2년 남겨두고 있다. '인명재천'이라고들 하니 이승에서의 삶이 얼마나 남았는지는 알 수 없다. 동심에 가까운 마음과 자유로운 영혼의 소유자인 선생은 남은 삶에 별 관심이 없다. 마음 가는 대로 살다가 하늘의 이치에 닿으면 거기에 순응하는 것이 삶이라 여기는 것 같다. 그간 그렇게 살아왔고 남은 삶도 그렇게 살아갈 것이다. 그런 선생에게 '삶이란 무엇인가'라는 질문을 던져보았다. 짧고도 명쾌하게 답을 내놨다.

"삶이란 끊임없이 묻고, 배우고, 깨우치는 과정이다. 처음엔 누구도 삶을 알 수 없다. 그저 그렇게 사는 것이 삶이다. 삶이란 삶을 사랑할 줄 알게 되는 과정이다. 다만 그저 아는 게 아니다. 수많은 갈등과 반복, 그 과정에서 피 터지게 싸운 결과, 우리는 삶을 사랑하게 된다. 삶이 때로 공허하고 저주스러운 것은 그만큼 사랑할 가치가 있다는 반증이 된다. 삶을 사랑할 줄 알게 되면 이제 운이 트인다. 단맛이든 쓴맛이든 삶은 사랑할 만한 가치가 있다. 행복도 마찬가지다. 끊임없이 실패를 연속하는 것이야말로 행복으로 가는 과정이다."

'삶이란 무엇인가'라는 질문에 애초부터 정답은 없다. 위대한 철학자나 성현 군자에게 묻는다 해도 마찬가지다. 나름의 인생관이 있을 뿐, 정답은 있을 수 없다. 80 평생을 예사롭지 않게 살아온 선생의 삶에 대한 철학은 의외로 소박했다. 삶은 살 가치가 있고, 끊임없이 배우고 피 터지게 싸우는 과정이라고 했다. 개똥밭에 굴러도 이승이 좋다고 했던가. 삶이 살 가치가 있는 것은 인간으로서 존재하는 그 자체로 가치가 있기 때문이다. 혹자는 고달픈 삶에 염증을 느껴 자살을 하기도 하지만 그렇다고 해서 삶이 전혀 가치 없는 것은 아니다.

다시 〈타타타〉의 한 구절이다. "우리네 헛짚는 인생살이 / 한세상 걱정조차 없이 살면 / 무슨 재미 / 그런 게 덤이잖소." 때론 헛짚기도 하는 인생이지만 그런 걱정조차 없이 살면 삶이 무슨 재미가 있겠나. 삶은 시설의 실연은 사랑의 소중함, 사랑의 깊이를 알게 해주지 않나. 이 고달픈 오르막을 넘으면 희망의 파랑새가 기다리고 있을 것이라는 기대감으로 버티고 또 살아내는 것이 삶이다. 실패는 성공의 어머니이면서 행복으로 가는 관문이다. 인생은 살 가치가 있고, 고달프지만 아름다운 여정(旅程)이다.

삶이 고단할 때면 내가 삶을 위해 얼마나 치열하게 배우고 있는지 되돌아볼 일이다. 삶에 지칠 때면 내가 내 삶과 얼마나 피 터지게 싸우고 있는지 자문해볼 일이다. 또 삶이 무료하고 허무하게 여겨질 때면 내가 삶을 얼마나 사랑하고 있는지 스스로 물어볼 일이다. 삶이 쓰다고 여겨질 때는 삶의 단맛이 얼마나 소중한 것인지 반문해보며 삶의 가치를 깨닫게 될 것이다. 삶은 그렇게 스스로에게 끊임없이 묻고 따지는 과정의 연속이다. 젊을수록 삶에는 여백이 많다. 그만큼 투자처도, 개척의 여지도 많다. '해도 후회, 안 해도 후회'라면 하는 편이 낫다.

내 인생에 좌우명은 없다

베를린에 있는 작곡가 고 윤이상(尹伊桑) 선생의 묘비에는 '처염상정(處染常淨)'이라는 글귀가 새겨져 있다. 불교용어인 이 말은 연꽃이 비록 더러운 진흙탕에서 피어나지만 결코 그 더러움에 오염되지 않는다는 뜻이다. 반평생을 '디아스포라의 지식인'으로 살다 간 윤 선생의 삶에서 이 말은 과연 어떤 의미였을까? 윤 선생이 불교신자였는지는 알지 못하지만 이 글귀를 묘비에 새겼다는 것은 그가 평소 이 말을 가슴에 새기고 살았다는 의미인 것 같다.

사람들은 저마다 자신을 지탱해줄 경구(警句) 하나를 가슴에 품고 산다. 명언명구, 교훈, 좌우명, 화두 등이 그런 것이다. 기독교의 '십계명'도 마찬가지다. 필자의 지인 가운데 '생활은 평범하게 이상은 높게'를 좌우명으로 삼고 살아가는 이가 있다. 평범한 생활을 지향하면서도 가슴에 품은 이상은 더없이 높다는 뜻이리라. 이런 것 하나쯤 가져서 나쁠 것 없다. 세상살이에 찌들거나 각박한 삶 속에서 자아를 상실하는 순간 꺼내 들어 보면 힘이 되기도 하고 자책의 회초리가 되어주기도 하니까. 이런 한마디는 선인들의 경험과 지혜가 집약된 것으로, 여러모로 부족한 존재인 인간은 때로 이를 기둥 삼아 자신을 의탁하기도 한다. 평범한 사람들이 세상을 살아가는 데는 물질과 재화만이 아니라 철학의 지혜도 필요한 것이다.

"나는 좌우명 같은 것들을 없애려고 노력해왔다. 이유는 하나다. 모두 '분칠' 같아서다. 지식이라는 것, 뭘 안다는 것 또한 삶을 분칠하는 것이라고 생각한다. 명언이나 좌우명 같은 것들이 삶을 살아가는 데 효과가 있는지 모르겠는데 이런 것들이 결국에는 농약, 화학비료 같은 것이 되고 만다. 사람은 순박하게 살아야 하는데 그런 것들이 소박함, 순박함 같은 것을 모두 날려버린다. 나는 그런 것들을 철저히 거부하며 살아왔다. 내 인생에 교훈이나 좌우명 같은 것은 없다."

뜻밖의 얘기에 적잖이 당황스러웠다. 많고 많은 명언명구나 격언 중 하나 정도는 마음에 품고 살아왔을 것으로 기대했기 때문이다. 선생은 자녀들이 학교에서 가훈을 적어오라는 숙제를 가져오면 '없다'고 쓰라 했단다. 오만 같은 게 느껴졌지만 선생은 그렇게 살아왔다. 소박함을 날려버리는 분칠 같은 것들, 무언가에 얽매이게 하는 것들을 모두 '농약'으로 생각하며 살아왔다. 농약은 질병이나 벌레를 막아주지만 농작물의 생명에는 유해하다. 또 당장은 효과가 있지만 자연스럽지 않고, 장기적으로 인간에게 해롭다. 농약에 비유한 것은 그런 의미다.

철학도인 선생은 우리 철학교육의 현실을 질타했다. '철학도 외워서 가르치는 나라'라고 했다. 깨우치고 사유하기보다 책 몇 백 권 읽는 것으로 박사가 되고 교수가 되는 현실 때문이다. 껍데기 지식으로 남을 가르치려 들고 군림하려 드는 것은 왕조정치, 군사문화의 잔재라고 했다. 연장선상에서 유명인이 남긴 한마디나 화두 같은 걸 앞세우는 것은 자신의 얼굴에 분칠을 하는 것이라 생각한 것이다. 화려한 언사(言辭)는 말하자면 우상(偶像)과도 같다. 그 뒤에 숨어 자신을 속이는 것이다. 독선과 아집에 빠지지 말고, 분칠하지 않은 날것의 순박함 그대로를 간직하고 살아가자는 얘기이리라.

세상은 과연 살 만한 곳인가?

모든 삶의 궁극적인 목표는 '행복'에 도달하는 것이다. 그러나 그 행복은 천차만별이다. 어떤 이는 돈이 많으면 행복하겠다 하고, 어떤 이는 권력이나 명예를 쥐면 행복하겠다 말한다. 이렇게 거창하지 않고 소박하다 하여도 뭔가 하나를 이루면 행복하다고 여긴다. 그냥 주어진 대로 사는 것은 행복으로 여기지 않는다. 즉, 태어난 것은 당연한 것이요, 취직을 하고 결혼을 하는 것은 인생의 한 과정일 뿐이라고 생각하는 것이다. 평범하고 일상적인 것의 소중함을 모르는 탓에 사람들은 늘 불만이다.

'요즘 살 만한가'라는 질문에 그렇다고 답하는 사람은 그리 많지 않을 것이다. 부자라고, 권력자라고 요즘 행복하겠나. 세상 자체가 사람들을 자학하게 만들고 있다. 한마디로 신나는 일이 없다. 몇 개월 사이에 세월호 참사로 전 국민이 상주 노릇을 해야 했고, 사회지도층의 '갑질'이 온 국민의 공분을 사기도 했다.

"일제 식민지 35년도 지냈다. 동족상잔의 6 · 25도 겪었다. 이승만 · 박정희 군사독재도 지내왔다. 지금이 아무리 어렵고 힘들다 한들 그때만 하겠는가. 자본주의의 병폐는 절대 단기간에 사라지지 않는다. 극한의 사회 갈등 역시 절대 한순간에 봉합되지 않는다. 지나온 삶이 용광로처럼 펄펄 끓어도 타 죽지 않고 살아왔다. 우리의 삶에는, 우리가 사는 세상에는 펄펄 끓는 용광로도 견뎌내는 그 뭔가가 있다. 절망 속에서도 희망을 본다. 세상을 비관하면 매사 앞이 깜깜하다. 총체적으로 보면 세상은 차차 나아지고 있다. 그 속에 희망이 있고, 거기서 행복이 샘솟고 있는 것이다."

이러한 상황 속에서도 선생은 희망 찾기를 멈추지 않는다. 희망에 대한 기대감마저 없으면 세상을 살아낼 자신이 없어서인지도 모르겠다. 세상이 살 만하다는 말은 세상을 살아낼 용기와 꿈이 있는 자만 할 수 있다. 더 이상 살 만한 가치나 기대감이 없으면 사람들은 세상살이를 접는다. 은둔이나 자살이 그것이다. 그러나 고통 속에서도 웃음은 사라지지 않고 절망 속에서도 희망의 꽃은 핀다. 쌍용차 해고 노동자들이 죽자고 굴뚝에 올라간 것은 아닐 것이다. 한겨울 추위에 70m 높이에서 고공농성을 벌인 것은 그들이 희망을 꿈꿨기 때문이다.

삶은 일차적으로는 '개인적'이다. 내가 있고 그다음 가족이 있고 이웃, 국가가 있다. 내가 살아야 하는 이유나 가치가 있다면 세상은 살 만한 곳이다. 하지만 그렇지 않더라도 나 자신을 위해서나 내 주변을 위해 나는 세상을 살아내야 한다. 그리고 이런 사람들이 사는 사회는 살 만한 곳이 된다. 나와 다른 생각을 가진 사람과도 살아내야 한다. 그런 사람과도 함께 어우러져 살아가는 곳이 세상이다. 비판 속에서, 갈등 속에서 세상은 더딘 듯해도 한 걸음씩 앞으로 나아간다. 더디게 가는 걸음이라고 답답해 할 것 없다. 1차선 도로에서 앞차를 무단 추월하다가는 무모한 죽음을 맞게 된다. 선배들이 살아온 길은 우리가 사는 세상보다 분명 더 험한 길이었다. 더 살 만한 세상을 후배들에게 물려주는 것이 이 시대를 살고 있는 사람들의 몫이다.

"누에가 알에서 나올 만하면 뽕나무 잎이 나오고 아이가 어머니 뱃속에서 나와 울음소리를 한번 내면 어머니의 젖이 줄줄 아래로 흘러내리니 양식 또한 어찌 근심할 것이랴? 비록 가난하다고 하나 그것을 걱정하지는 말라."

– 정약용, '유배지에서 보낸 보낸 편지' 중에서

힘들고 어려울 따름이지 살 길은 있다. 다들 그렇게 살고 있다. 거짓과 오만, 몰상식과 폭력이 난무하는 세상이지만 그래도 의인(義人)은 끊이지 않고 나온다. 정의롭고 따뜻한 사람들이 도처에 숨 쉬고 있으니 그래도 이 세상은 살 만한 곳 아닌가.

인생의 우선순위

인생의 가치는 여러 가지다. 부자로 사는 것, 오래 사는 것, 건강하게 사는 것, 명예롭게 사는 것, 좋은 배우자를 얻는 것, 자유롭게 사는 것 등등. 여기서 하나를 고르라면 어느 것이 가장 우선일까? 그 답은 사람마다 다르다. 건강이 1순위인 사람에게는 건강이 최고요, 돈이 1순위인 사람에게는 돈이 전부요, 자유를 갈구하는 사람에게는 자유로운 삶이 최우선이다. 선생의 1순위는 무엇일까?

"바로 '살아 있음'이다. 내가 살아 존재하고 있음이다. 그 무엇도 이에 앞서는 것이 없다. 사람들은 그걸 잘 모르고 산다. 내가 살아 있지 않고서야 무에 소용 있나. 그다음은 내가 어떻게 살아 있느냐다. 삶이란 목표를 정해 긍정적으로 여기고 살아갈 때 그 존재 가치가 있는 법이다. 지조나 절개를 지키기 위해 목숨을 버리는 지사(志士)도 겉으로는 삶을 버리는 것이지만 실상은 삶을 긍정적으로 표현한 것이다. 극단적 형태로 나타났을 뿐. 시대 상황이 불가피하여 목숨을 버린 것이지 그는 결코 죽은 것이 아니다. 그들은 한 번 죽어 천년을 산다. 따지고 보면 더 오래 사는 셈이다."

우리 주변에는 판검사를 포기하고 예술가가 된 사람도 있고, 의사 가운을 벗고 신부가 된 사람도 있다. 일부분만 보면 이들은 실패한 인생을 살았다. 하지만 전체적인 삶을 놓고 보면 이들은 성공한 삶을 살았다. 먼 길 돌아오느라 남들보다 좀 늦었을 뿐, 자신들의 지향점에 마침내 도달한 것이다. 결승점에 먼저 도달하는 사람이 꼭 승리자는 아니다. 가장 행복한 사람도 아니다. 한 번의 실패나 좌절 뒤에 맛보는 단맛이 정말 꿀맛이다.

인생의 우선순위에 정해진 것은 없다. 각자 정하기 나름이다. 그렇다면 내가 주체적으로 정할 일이다. 가난한 예술가의 삶에서 인생 최대의 희열을 느끼는 사람이 있는가 하면 작은 것일지라도 베푸는 삶에서 생의 보람을 느끼는 사람이 있다. 크고 화려하다고 해서 최고가 아니고, 많은 것을 내놨다고 해서 보배가 아니다. 1조 원이라는 거액의 기부금을 내놓는 재벌에 주목하는 이들은 별로 없지만 평생 모은 1억 원을 내놓는 '김밥 할머니'는 많은 사람들에게 감동을 준다. 결국 중요한 것은 과정과 사연이다.

인생도 마찬가지다. 값진 인생은 최고가 되는 게 아니라 꿈을 이루는 것이다. 그것이야말로 내가 '살아 있음'의 증거요, 살아온 가치의 징표가 된다. 결국 인생의 우선순위는 높이가 아니라 순서다. 무엇을 내 인생의 제

1순위에 둘 것인가. 제1순위가 정해지면 나머지는 뒤따라 절로 정해지는 법이다. 아니, 나머지는 전부 공동2위가 된다. 선생처럼 '살아 있음'이 1순위라면 세상살이는 매양 한가롭고 여유롭다. 돈도, 명예도, 사랑도 전부 2순위이니 급할 게 없기 때문이다. 그런 삶을 사는 게 쉽지는 않겠지만 그렇게 살면 분명 행복하기는 할 것 같다.

집착은 어떻게 끊을 수 있나?

새해 연초가 되면 사람들은 이런저런 결심을 한다. 금연, 절주, 책 읽기, 운동 등 사소한 것은 물론이고 자신의 인생행로를 결정짓는 큰 결단을 내리기도 한다. 그런데 이런 새해 결심은 잘 지켜지지 않는 것이 보통이다. 특별한 동기나 필요에 의해서가 아니라 단순히 해가 바뀌는 시점을 결심의 계기로 삼기 때문이다. 마음먹고 3일도 못 간다는 '작심 3일'이란 말도 여기서 생겨났을 게다.

결심(決心)은 뭔가 새로운 마음의 결의를 다진다는 의미일 때 바람직하다. 결심이 과도하면 마음에 짐이 된다. 그 짐은 때로 자기 강박으로 인해 병이 되기도 한다. 그런 병 가운데 하나가 바로 집착(執着)이다. 돈에 대한 집착, 사랑에 대한 집착, 성공에 대한 집착, 자유로움에 대한 집착, 자식에 대한 집착 등 현대인들은 참으로 다양한 집착을 갖고 살아간다. 말이 집착이지 실지로는 마음의 병에 다다른 경우가 많다. 집착은 어떻게 하면 끊을 수 있을까?

"집착은 그 자체로는 절대 끊을 수 없다. 집착하지 말라는 말은 거짓에 불과하다. 끊을 수 있으면 그건 집착이 아니다. 가령 흡연자가 담배를 끊는다고 가정해보자. 금연에 성공하려면 결심을 할 것이 아니라 지금 손에 든 이 담배부터 피우지 말고 다음에 피우자 생각하면 된다. 그러고는 죽은 다음에 피우겠다고 다짐하며 담배 피우고 싶은 생각을 속이면 된다. 집착을 끊으려면 집착하는 그 마음을 속여야 한다. 다시 말해 무엇에 집착하지 않겠다는 마음부터 없애야 한다."

뭘 하지 말라고 하면 오히려 더 하고 싶을 때가 있다. 의도하지 않은 유혹이다. 마찬가지로 뭘 떨치려고 하면 더 생각날 때가 있다. 의도하지 않은 몰입이다. 집착을 끊는 방법으로 대개 강한 자기암시를 하는데, 이렇게 하면 집착은 더 강화된다. 이때 필요한 것은 이완과 망각이다. 담배를 끊어야겠다는 강박관념에 사다 놓은 담배를 자르고 라이터를 부술 일이 아니라 담배를 아예 잊어버리는 것이다.

고통스러운 기억을 잊으려면 그 기억에서 탈출하기보다 탈출해야 한다는 마음 자세부터 버리는 것이 중요하다. 잊으려는 노력 자체를 하지 않는 것이다. 망각은 신이 준 선물이지만 강박관념이 있으면 작동하지 않기도 한다. 결국 기억이나 망각조차도 자유롭게 놓아 줄 때 비로소 자유로

워진다. 어쩌면 기억과 망각을 갖고 있다는 생각 자체를 속이는 것이야말로 집착으로부터 진정 탈출하는 것일지 모른다.

어떤 청년이 최근 담배를 끊었다. 그래도 호주머니에 라이터를 갖고 다니다 간혹 담배 생각이 절실하면 친구들에게서 한 번씩 얻어 피운다고 한다. 담배를 완전히 멀리하지는 않지만 그렇다고 상습적으로 피우지는 않는다고 한다. 일단 담배에 대한 관심을 이완시킨 것이다. 여기에 담배에 대한 망각의 지점으로 자신을 이격시켰다고 한다. 담배와 담을 쌓은 게 아니라 느긋한 자세로 차차 담배를 잊는 것이다. 그 무엇과 척을 지게 되면 그만큼 반작용도 큰 법이다. 청년은 별다른 후유증 없이 곧 완전 금연에 성공했다고 한다.

자유로운 삶을 살고자 한다면

사람은 누구나 자유를 갈구한다. 기성의 관습 · 제도, 정치 · 사회적 강요, 물질적 궁핍, 자아-비(非)자아의 갈등에서 벗어나 봄날 언덕의 파랑새처럼 창공을 마음껏 날고 싶어 한다. 그러나 막상 현실 속에서 자유를 쟁취하기란 말처럼 쉽지 않다. 사회라는 구성체는 도덕과 윤리 규범을 비롯하여 온갖 법규로 사람들의 자유를 구속한다. 물론 여러 사람이 살아가기 위해서 교통신호와 같은 규범과 약속이 필요한 측면은 있다. 문제는 이런 것들이 아니라 제 스스로 그 무엇에 구속되고 얽매이는 데 있다. 자유로운 삶을 살고자 한다면 어찌해야 할 것인가?

"모험심을 가져야 한다. 기존의 틀 속에 갇혀서는 자유를 누릴 수 없다. 세상을 바꾼 사람, 자유로운 삶을 산 사람들은 모두 모험가들이었다. 사람은 어떻게든 살아낼 수 있다. 제멋대로 살면 살 수 있을까? 이런 의문에 대한 공포심부터 없애야 한다. 여기에 '날배짱'과 뻔뻔함도 가져야 한다. 다만 목표는 함께 잘사는 것이어야 한다."

사소한 일상을 탈출하기 위해서는 작은 일탈이 필요하다. 하물며 삶의 자유를 구가한다면 이보다 더한 모험과 파격이 필요할 것이다. 세상에 노력 없이 절로 얻어지는 건 없다. 미국의 독립운동에 앞장선 패트릭 헨리는 "자유가 아니면 죽음을 달라"고 외쳤다. 자유는 싸워서 쟁취하는 것이다.

선생은 기회가 있을 때마다 임락경 목사에 대해 얘기한다. 1부에서 잠깐 얘기한 바와 같이 임 목사는 강원도 화천에서 시골교회를 짓고 30여 명의 장애인들과 함께 지내고 있다. 젊어서 일반 학교에 다니는 대신 다석 유영모(柳永模) 선생을 비롯해 '북에는 남강 이승훈, 남에는 이현필'로 칭송되는 이현필(李炫弼) 선생 밑에서 공부와 함께 농사짓는 법을 배웠다. 《성경》은 말할 것도 없고 《팔만대장경》, 《사서삼경》, 《노자》, 《장자》를 몇 번씩 읽으며 공부했다. 그런데 공부 중 제일 큰 공부는 자연한테 배우는 거란다. 물 찾는 법, 산맥과 터 잡는 법, 건강하게 사는 법, 이런 걸 잘 살피다 보면 어느 순간 원리를 깨치게 된다고 한다.

꼭 임 목사처럼 살지 않아도 자유로운 삶을 살 수 있다. 자유로운 영혼, 자유로운 생각을 갖고 살면 가능하다. 그러나 도회지의 현대인 대부분은 기득권과 기성의 안락함에 매몰된 나머지 자유로운 생각을 상실한 채 살아간다. 자유로움의 대가는 가볍지 않다. 기득권을 양보하거나 완전히 내려놓아야 할 때도 있다. 이런저런 일상의 이유로 이를 행동으로 옮기는 것 역시 쉽지 않다. 무모한 모험을 하다가 전부를 잃어버릴 수도 있다. 선생은 그걸 두고 '목숨을 잃을 수도 있다'고 했다.

다시 말해 자유로운 삶을 살고자 한다면 기득권 상실에 대한 공포심부터 날려버려야 한다. 법정(法頂) 스님은 큰 절의 주지나 총무원장 같은 권승(權僧)의 길을 포기했다. 대신 하루 한 끼 먹고 '무소유'를 실천하며 세상에서 둘도 없는 자유를 구가했다. 기득권과 안락함은 자유와 양립할 수 없는 것인지도 모른다. 세상에 물 좋고 정자 좋은 곳은 예나 지금이나 없는 법이다. 여기에 선생이 한마디를 더 보탠다.

"덜 유명해야 한다. 유명하면 자유롭게 살 수 없다."

청춘의 방황

고금을 통털어 청춘을 예찬한 시문(詩文)은 참으로 많다. 수필가 우보(牛步) 민태원(閔泰瑗)은 〈청춘예찬〉 첫 구절에 이렇게 썼다. "청춘, 이는 듣기만 하여도 가슴이 설레는 말이다." 유대교 랍비이자 시인인 사무엘 울만은 〈청춘〉이란 시에서 "청춘이란 장밋빛 뺨, 앵두 같은 입술, 하늘거리는 자태가 아니라 강한 의지, 풍부한 상상력, 불타는 열정을 말한다"고 썼다. 청춘은 열정과 푸름의 상징이자 미완의 징표다. 청춘에 속고 청춘에 우는 것은 멀고도 먼 인생길의 한 여정인 것이다.

요즘 한국의 청춘들은 고민거리가 참 많다. 학업, 연애, 취업, 군대 등등. 상황이 이렇다 보니 취미, 교양 활동이나 인간관계 같은 인간적 면모는 뒷전으로 밀려난 지 오래다. 많은 청춘들이 생활 전선의 최전방에서 악전고투하고 있다. 청춘이란 말을 쓰기조차 부적절한 청춘들도 많이 있다. 가장 자유분방해야 할 청춘이 말라비틀어진 껍데기 꼴을 하고 있다. 괴로운 청춘들은 오늘도 학원에서, 길거리에서, '알바' 전선에서 방황하고 있다.

> "방황은 곤혹스럽고, 때론 두렵다. 그러나 기피하지 마라. 긍정적으로 마주하라. 자신이 쭈그러들지 않기 위해서다. 시대마다 늘 현안이 있었다. 현재를 살고 있는 자기 시대가 가장 괴로운 법이다. 세상은 늘 좀 삐딱한 사람, 엉뚱한 사람, 골 아픈 사람이 개척해왔다. 젊은이가 약아빠져서는 안 된다. 아무리 어려워도 용기 있는 사람은 나온다. 방황을 겁내지 마라. 방황을 겁내면 늙어서 추해지기 쉽다. 어른들 말을 잘 안 들어도 된다. 어른들의 정의가 다 옳은 것은 아니다."

청춘기의 방황은 특권일까, 아니면 필수코스일까? 답은, 둘 다다. 청춘기의 방황은 그 어설픔으로 인해 일면 아름답기조차 하다. 젊은 표범이 험한 산록(山麓)을 휘젓고 다니며 자신을 단련하는 것과 같다. 청춘이라면 때론 삶의 방향이나 가치를 찾아서, 때론 사랑이나 스승을 찾아서 들판을 헤매지 않나. 개중에는 실패나 고달픈 현실에 대한 도피도 없지 않다. 미래를 향한 청춘의 처절한 몸부림이 눈물겹지만, 삶의 고민으로 방황하는 청춘은 그 자체로 아름답다. 방황을 겪은 청춘은 나이테가 늘어나는 나무와 같다. 한겨울 추위를 이겨내고 나면 단단하게 여물어 있다.

결국 청춘은 미생(未生)이다. 산 날보다 살아갈 날이 훨씬 더 많다. 도전하지 못할 것이 없고 하기 나름으로 이루지 못할 것도 없다. 희망은 무한대로 열려 있고 눈앞의 길은 그 끝을 알 수 없다. 희망은 청춘의 도전을 기다린다. 그 길에는 왕도가 없다. 길을 개척하는 자가 바로 길잡이 역할도 맡는다. 곧게 난 탄탄대로를 내달리다가도 더러 길을 잃고 방황할 수 있다. 미생이 완생(完生)이 되어가는 길에서 방황은 피할 수 없다. 기피하거나 돌아갈 길은 없다. 오직 정면 승부만이 방황의 종지부를 찍는 해법이다.

공부는 왜 하는가?

공자 왈, 종신면학(終身勉學)이라 했다. 죽을 때까지 학문에 힘쓰라는 말이다. 죽을 때까지 해도 끝이 없는 것이 학문이요, 공부다. 옛날 사람들은 수양의 한 방편으로 공부를 했다. 물론 열심히 공부하여 지식과 지혜를 쌓아 세상을 위해 쓰기도 했다. 상당수는 벼슬길에 나가 정사(政事)를 맡음으로써 나라와 백성을 위해 봉사했다. 물론 개중에는 벼슬자리에 눈이 멀어 돈과 권력을 탐낸 자들도 많았다. 그런 자들은 하나같이 역사에 오명을 남겼다.

오늘날의 공부는 주객이 전도된 꼴이다. 수양이나 학문 연구보다 취업이나 생계의 수단인 경우가 대부분이다. 공부가 세속화되고 타락한 탓이다. 엔간히 해서는 별 쓸모도 없다. 속칭 '가방끈'이 길어야 한다. 대학 졸업은 기본이요, 석 · 박사에 해외유학파도 적지 않다. 경쟁이 치열하다 보니 여기에다 화려한 스펙을 더하기도 한다. 취직을 위해 공부에 온갖 '분칠'을 해대는 셈이다. 이런 걸 두고 공부(工夫)라고 말하는 자체가 어불성설이다.

"공부를 하지 않으면 내가 썩는다. 공부를 하면 썩어도 덜 썩는다. 공부를 하면 남에게 쓰일 수 있도록 해야 한다. 나만을 위한 공부는 나를 썩게 하고 그런 공부는 회의(懷疑)와 자신감의 상실을 가져와 나를 망하게 한다. 호기심을 갖고 활발하게 공부하면 열정이 생긴다. 그런 공부감을 스스로 찾아내야 한다. 아첨 능력을 키워주는 공부는 가능하면 피해야 한다. '자기 궤멸적(潰滅的)'인 공부는 자칫 나 자신을 죽일 수도 있다."

공부해서 남 주겠다는 사람은 흔치 않다. 대개의 경우 공부는 오직 나 하나만의 출세를 위한 것이다. 남이라면 기껏해야 가족 정도다. 선생 말대로라면 그런 공부는 자신을 썩게 만든다. 써먹기 쉬운 공부, 자기만을 위한 공부를 두고 자기 궤멸적(潰滅的)인 공부라 했다. 이는 마치 용기나 열정인 것처럼 꾸몄으되 결국은 자기 파괴적인 것을 말한다. 끈덕지게 위악적이고 자기 복수적이어서 진흙탕 속으로 끌려들어 가는 꼴이 되고 마는 것을 의미한다. 선생은 특히 아첨하는 공부를 피해야 한다며 경영학, 정치학을 '아첨 학문'으로 꼽았다.

산업사회, 현대사회에서 공부를 학문 연구의 수단으로만 생각하는 것은 어려운 일이다. 그러나 요즘 사회에도 세상을 위한 공부는 얼마든지 있다. 다만 이런 공부는 돈벌이가 시원찮아서 사람들이 선호하지 않는다. 또한 공부해서 남 주는 방법에도 여러 가지가 있지만 역시 사람들이 그렇게 하지 않을 뿐이다. 사법고시에 합격한 후 로펌에 취직해 억대 연봉을 받는 변호사가 있는가 하면, 시민단체나 법률상담소 같은 데서 무료 법률 상담을 하며 보람을 찾는 변호사도 있다. 내가 공부한 결과가 세상을 위해 쓰인다면 그보다 더 귀한 경우가 없다.

불의를 보면 떨쳐 일어나라

우리는 지금 분노의 시대를 살고 있다. 세상 돌아가는 꼴을 보면 절로 분노가 치민다. 정치가 그렇고 경제가 그렇고 사회가 그렇다. 온통 분노할 구석뿐이다. 분노 없이는 살 수 없는 시대가 돼버렸다. 늘 행복할 수만은 없는 게 당연하고, 과거 정권 시절에도 분노할 때가 없지 않았다. 그러나 그때와 지금은 본질적으로 다르다. 국민적 분노가 '쓰나미'처럼 밀려와 마을을 통째로 삼킬 기세다.

선생은 요즘 시국을 어찌 보고 있을까? 짐작했던 대로 선생도 분노에 차 있었다. 세월호 참사 한 달 뒤인 작년 5월 16일자 〈한겨레〉와의 인터뷰에서 선생은 다음과 같이 말했다.

"당하고도 안 '달겨드는' 사람들은 싫다. 옳지 않으면 거부하고 저항할 줄 아는 국민이어야만 안전하고 편안한 사회를 지킬 수 있다. 민주주의는 부당한 권력, 부당한 명령에 불복하는 데서 출발한다. 불의에 대해 입을 다물면 공범이 된다. 민중 한 사람 한 사람이 내 일이고 내 책임이라는 자세로 떨쳐 일어나야 한다."

문제는 선생과 같은 생각을 가진 사람이 드문 현실이다. 작금의 분노할 현실을 두고도 나는 상관없다는 사람들 천지다. 마음속으로 분노가 치밀고 저항감이 끓는지는 알 수 없다. 그러나 겉으로 표출된 것을 두고 보건대 절대 다수는 '강 건너 불구경'이다. 불의한 공권력, 거대 경제권력으로부터 무시를 당하고 불이익을 받으면서도 침묵하는 부류들을 어찌 볼 것인가.

"기운 있는 놈들이 돌멩이 드는 것, 기운 없는 놈들이 돌멩이 안 드는 것이 제일 싫다."

철학과 학생이던 선생이 연극을 시작한 계기는 "분노하라, 이승만!" 이 한마디를 무대에서 하기 위해서였다. 연극이나 영화에서 배우는 못할 게 없다. 대통령이 되고 투사가 되고 거지도 된다. 선생이 대학에 입학하던 1950년대 중반 무렵은 이승만 독재가 극에 달한 시기였다. 서울 남산 중턱에 동양 최대 규모의 이승만 동상이 세워지고 꼭대기에는 이승만의 호 '우남(雩南)'을 딴 '우남정(雩南亭)'이 지어졌다. 말 한마디 잘못하면 쥐도 새도 모르게 잡혀가 곤욕을 치르던 시절이었다. 그러니 현실에서는 대놓고 욕하기가 쉽지 않았다. 그래서 생각해낸 것이 바로 배우가 아니었나 싶다.

필자가 보기에 선생에게는 내재적인 지항의식 같은 것이 있다. 대화 중 심심찮게 내뱉는 욕설이 그렇고, 자유분방한 복장이 그렇다. 2014년 여름에 만났을 때 선생은 세월호 티셔츠를 입고 노란 세월호 리본을 달고 있었다. 복장에서 그치지 않고 '세월호 전국순례단'을 따라 일부 구간을 동행하기도 했으며, 서울에 올라오는 날이면 세월호 유가족들이 농성하고 있던 광화문광장에 다녀갔다. 누군가에게 보여주려거나 무슨 사명감 때문이 아니라 그저 마음이 가는 대로 그렇게 행했다. 선생은 그렇게 산다.

"가만히 있다가 무수한 사람들이 목숨을 빼앗긴 사건은 이번만이 아닙니다. 자신은 이미 대전으로 도피해 한강대교까지 폭파시켜 놓고는 '국군이 인민군을 38선 이북으로 몰아내고 있으니 서울 시민들은 안심하고 서울에 가만히 있으라'는 거짓 방송을 한 이승만 전 대통령이 그 원조입니다. 이승만은 나중에 자신의 말만 믿고 서울에 남았던 많은 시민들을 부역 혐의자로 몰아 죽였습니다. '시키는 대로 가만히 있으라'는 명령어를 권력자의 유산으로 남겨놓은 겁니다."

어떤 직업을 선택할 것인가?

요즘 우리 사회의 나이 든 세대 가운데는 종북이냐 아니냐로 사람을 규정하는 경우가 많다. 그들도 젊어서는 이승만 독재에 항거해 4 · 19혁명에 가담하고 박정희, 전두환 독재에 분노했겠지만 젊어서의 그런 혈기는 이제 온데간데없다. 단지 이분법적 잣대만 남아 있을 뿐이다. 사람이 나이가 들면 보수화된다고 하지만 그런 것과는 또 다르다. 일종의 변종(變種)이라고 할까. 분단이 초래한 낡은 이념의 굴레에서 벗어나지 못한 탓일 게다.

선생은 세상에 '장의사적인 직업'과 '산파적인 직업'이 있다고 했다. 죽은 자를 뒤치다꺼리하는 장의사는 사람이 죽어야 일이 생긴다. 그래서 산 사람과는 계산할 게 별로 없다. 사람이 죽는 걸 불행이라고 치면 장의사는 남의 불행을 먹고사는 사람이다. 물론 사람이 죽으면 누군가 염(殮)을 하고 장례를 치러야 하므로 장의사는 반드시 세상에 필요한 직업이고 그들이 하는 일 자체는 결코 나쁘지 않다. 어디까지나 말이 그렇다는 것이다.

그런데 따지고 보면 남의 불행이나 갈등을 장의사보다 더 즐기는(?) 직업군의 사람들이 있다. 신생은 판검사, 변호사, 정치가들을 그렇게 바라본다. 남에게 불행이 존재해야 자신들의 일거리가 생기는 직업이다. 생각해보면 이런저런 일로 고소, 고발이 있어야 재판할 일이 생기고 변호할 일이 생긴다. 세상에 도둑이나 강도가 없으면 경찰이 왜 필요할까? 판검사, 변호사야말로 사람 간에 싸움이나 갈등이 생겨야 설 자리가 생긴다. 나쁘게 말하면 남의 싸움 봐주며 먹고사는 직업인 것이다. 따라서 이들에게 '화목(和睦)'은 금기어다. 자신들의 밥그릇을 원천적으로 빼앗아가기 때문이다. 바로 이런 부류의 직업을 선생은 '장의사적인 직업'이라 불렀다. 당연히 선생이 좋아하는 부류는 아니다.

선생이 좋아하는 직업은 '산파적인 직업'이다. 산파(産婆)는 요즘처럼 산부인과 병원이 없던 시절에 임산부의 출산을 도와주던 사람을 말한다. 그 어떤 임산부도 혼자서는 아이를 낳을 수 없다. 반드시 누군가의 도움을 받아야 한다. 예전엔 산파가 없으면 급한 대로 이웃집 아주머니나 시어머니가 산파를 대신하기도 했다. 새 생명을 탄생시키는 데 필수적인 산파의 역할을 무지렁이들이 대신한 것이다. 이른바 시시한 사람들인데, 선생은 바로 이런 시시한 삶을 강조한다. "시시하게 사는 사람들, 월급은 적게 받아도 이웃하고 행복하게 살려는 사람들"을 산파적인 직업이라 했다. 꼭 직업인이라기보다 그들의 역할을 그렇게 표현한 것이다.

물론 선생의 말이 전적으로 다 맞는 것은 아니다. 선생이 장의사적인 직업으로 꼽은 판검사, 변호사 가운데도 산파적인 삶을 산 사람이 더러 있다. 일제 강점기 때 독립운동가를 변호한 김병로 변호사(초대 대법원장 역임)나 독재정권하에서 민주 인사를 변호하다 두 차례나 감옥에 간 한승헌 변호사(감사원장 역임) 같은 분들이 그렇다. 지금도 인권 변호사를 자임하며 어려운 처지에 놓인 사람들을 돕는 법조인들이 적지 않다. 또 반대로 산파적인 직업 가운데 악질이 없지 않다. 현대판 산파인 산부인과 의사 가운데는 아들딸을 골라 낳아준다며 불법낙태를 밥 먹듯 도운 의사도 있고, 돈벌이를 위해 각종 불법시술을 해주고 감옥에 간 의사 또한 한둘이 아니다.

결국 따지고 보면 직업이 문제가 아니라 다 제 할 바인 셈이다. 선생의 인터뷰 기사가 나간 뒤 얼마 되지 않아 위은진 변호사(법무법인 민 재직)는 〈법률신문〉에 다음 내용의 글을 기고하였다.

"갈등을 먹고사는 장의사적인 직업을 가진 한 사람으로서, 직업의 특성상 한계는 있겠지만 장의사적인 직업도 산파적 역할이 불가능하지는 않다고 생각한다. 우리가 사는 사회는 분쟁과 갈등이 전혀 발생하지 않을 수는 없다. 분쟁이나 갈등이 발생했을 때 이를 조정하거나 중재하여 분쟁을 종결시키고 갈등을 해결해 나가는 역할은 어쩔 수 없이 반드시 필요하다. 그런데 장의사적 직업을 가진 법조인은 이런 분쟁과 갈등의 상황에서 산파적 역할을 가장 잘 수행할 수 있는 역량을 가지고 있다고 생각한다. 다만 이럴 때 우리는 '확실하게 안다고 하는 것도 고정관념이고, 세상에 정답이란 건 없으며 한 가지 문제에는 무수한 해답이 있을 뿐이며, 햇빛이 있으면 그늘이 있듯이 옳은 소리에는 반드시 오류가 있다'는 이분의 말씀을 깊이 새기고 실천한다면 장의사적 직업의 한계를 극복하고 산파적 역할을 올바르게 할 수 있지 않을까 하는 생각이 든다."

— 〈법률신문〉, 2014. 1. 16. '법소인이라는 식업에 대해 생각하다' 중에서

우리나라 직업의 종류는 2만 개가 넘는다고 한다. 의사, 교사, 은행원, 요리사, 배우 등 전통적인 직업은 물론이요, 웃음치료사, 파티 오거나이저, 심지어 죽은 자의 SNS 등을 뒤져 깨끗하게 청소해주는 '디지털 장의사'도 있다고 한다. 세상이 날로 복잡다단해지면서 직업도 참으로 다양해졌다. 그 많고 많은 직업 가운데는 장의사적인 직업도 있고, 반대로 산파적인 직업도 있다. 물론 따지고 보면 그 어떤 직업이라도 사회에 필요하기 때문에 존재하는 것이다. 어쩔 수 없이, 혹은 필요에 따라 장의사적인 직업을 택할 수도 있지만 그 책임은 고스란히 선택자의 몫일 것이다.

임금 노예가 되지 마라

작년 4월 초 선생은 희망제작소 초청, '희망제작소에 바란다'라는 주제로 강연을 했다. 희망제작소는 2006년 박원순 변호사(현 서울시장)를 중심으로 시민과 활동가, 전문가들이 '21세기 新실학운동'이라는 슬로건을 내걸고 창립한 단체다. 국책연구소가 정부 주도의 사업을 연구하는 곳이라면 희망제작소는 한국 사회의 크고 작은 의제들을 시민들의 눈높이에서 연구하고 실천하는 민간연구소다.

이날 선생의 강연에서 특히 귀담아 들을 대목은 직장인들의 돈에 대한 자세였다. 모든 직장인(노동자)들은 궁극적으로 돈을 벌기 위해 직장에 다닌다. 자본주의사회에서 극소수의 자본가를 제외하고 절대 다수는 임금 노동자다. 그렇다고 노동자를 하수(下手)로 볼 것은 아니다. 기업의 3대 요소가 자본, 기술, 노동일진대 노동 없이 기업은 굴러갈 수 없다. 그러나 현실 속에서는 자본가의 하수임을 부인할 수 없다. 자본주의가 타락하고 천박한 자본가들이 극성을 부리는 요즘에는 더욱 그러하다. 자본가는 거대 자본을 바탕으로 앉은 자리에서 더 많은 돈을 벌어들이고 노동자들은 적은 봉급으로 어렵게 살아가면서 자본가들이 생산한 상품의 최대 소비자로 전락한 것이 작금의 현실이다.

"하느님이 악마만큼만 부지런하면 악마가 맥을 못 출 텐데. 정말 못된 놈들은 엄청 부지런하다. 돈에 환장한 사람들은 잠도 안 잔다. 잠도 서너 시간밖에 안 자고 가만 앉아 있지도 않는다. 자기 선의(善意)만 믿고 게을러지면 선의도 부서진다. 정말 선의가 있는 사람들은 악마처럼 부지런하도록 노력해야 한다. 그것밖에는 선의를 지킬 길이 없다. 오르막길과 내리막길은 사람이 지나가는 방향에 따라 구분될 뿐이다. 길은 하나다. 돈이 생기는 방법에는 여러 가지가 있는데 자기가 하고 싶은 방법이어야 한다. 단, 임금 노예가 되지 않도록 조심해야 한다. 지금 직업인들은 말만 직업인이지 임금을 받는 노예들인 경우가 많다. 돈에 환장하면 안 된다. 어떻게 해야 자기를 위해 돈에 환장하지 않을 것인지, 우리가 실현해 보여야 할 일 중의 하나다."

선생은 요즘의 직장인, 즉 월급쟁이들을 '임금 노예'라고 생각한다. 새삼스러운 얘기가 아니다. 작년 말 한 항공사 오너 일가의 행동이 사회적으로 큰 물의를 일으킨 바 있다. 선생은 얼마 뒤 피해자인 사무장의 죄는 '부모가 재벌이 아니라는 것'이라고 비꼬았다. 슬프지만 결코 틀린 말이 아니다. 자본가는 임금 노동자들의 생사여탈권을 쥐고 있다. 추운 겨울, 직장에서 쫓겨나 거리로 내몰리는 건 바로 죽음이나 마찬가지다. 때때로 절박한 상황에 놓인 노동자들은 첨탑, 공장 굴뚝 등 높은 곳에 올라가 농성을 벌이기도 한다. 갑과 을의 지위가 비대칭적이고 절망적인 상황에서 그들의 목소리를 관철시킬 방법이 그것밖에 없기 때문일 것이다. 하지만 목숨을 건 투쟁에도 자본가들은 아무것도 아니라는 듯 픽픽 웃기만 했다.

이런 상황에서 월급쟁이들에게 '임금 노예가 되지 말라'는 선생의 말은 한낱 허사(虛辭)에 불과하지 않을까. 가족이 굶는 상황에서도 돈에 환장하지 않는 태도가 무슨 도움이 될까. 빵 한 조각 건네주는 것보다도 못하지 않나. 선생이 처절한 밑바닥 생활을 알지 못하기 때문이라는 비난도 있을 수 있다. 하지만 조금만 더 깊이 생각해보면 선생이 하는 말의 취지가 그런 데 있지 않다는 것을 알 수 있다.

예나 지금이나 노예에게는 자유가 없다. 정당한 노동의 대가를 받으면서도 노예는 늘 주인에게 종속적이다. '노예근성'을 가진 노예의 삶에는 꿈이 없다. 꿈을 꿀 여유도 없고 꿈을 꾸지 못하도록 억압받기도 한다. 우리를 노예로 만드는 것이 무엇인지, 어떻게 하면 노예에서 벗어날 수 있는지 고민해봐야 한다. 선생은 그런 노예의 마음을 경계하라는 의미에서 일갈한 것이다.

멋있는 사람

세상엔 참으로 많은 사람들이 살고 있다. 2014년 통계로 세계 인구는 72억 명 정도 된다. 개중에는 잘난 사람, 못난 사람, 멋있는 사람, 볼품없는 사람 등 온갖 사람이 뒤섞여 있다. 그런데 이런 기준은 가치에 따라 다르다. 서방 세계에서 테러리스트로 불리는 이슬람 원리주의자들도 그들 고향에서는 전사요, 영웅으로 대접받는다. 곱슬머리에 튀어나온 입술의 여성이 서구에서는 추녀(醜女)일지 몰라도 아프리카 일각에서는 최고의 미녀로 평가받는다.

멋있는 사람을 한때 신사(紳士)라고 불렀다. 말쑥한 차림새에 교양미, 예의 바른 태도를 갖춘 사람이 신사다. 겉과 속이 이만하면 멋있는 사람이라고 부를 만하다. 여기서 착안한 것이 '백봉신사상'이다. 이 상은 독립운동가 출신으로 제헌 의원과 국회부의장을 지낸 백봉 라용균(羅容均) 선생을 기려 1999년에 제정되었는데, 자기통제력과 정직성, 공정성, 원칙 준수, 유연성, 균형성 등을 갖춘 '신사'적인 국회의원에게 수여된다. 수상자는 매년 언론사 정치부 기자들의 설문조사를 통해 선정된다. 2014년까지 총 열다섯 차례 시상했는데, 역대 최다 수상자는 김근태(4회), 박근혜(4회), 조순형(3회), 정세균(2회), 손학규(2회), 황우여(2회)순이다. 그런데 왠지 수상자 전부가 신사 같지는 않아 보인다.

"나는 남아공 최초의 흑인 대통령 넬슨 만델라와 베트남 민주공화국 초대 주석을 지낸 호찌민(胡志明)을 멋있는 사람이라고 생각한다. 두 사람 모두 조국과 동포를 위해 일생을 살았다. 이들은 최고 권력을 쥐고도 절대 권력의 노예로 살지 않았다. 권력은 민중을 위해서만 사용했다. 또 이들은 자신이 '성공'했다고 해서 남을 우습게 보거나 비웃은 적이 없다. 그들은 어느 순간에도 모든 사람들을 존중했다. 진짜로 멋있는 사람이 아니고서야 그리하기 어렵다."

'멋있는 사람'에 대한 기준은 서로 다를지 몰라도 동서고금에 공통된 가치는 있다. 바로 인간에 대한 예의와 존중이다. 넬슨 만델라(1913~2013)와 호찌민(1890~1969)이 바로 그런 사람이다. 만델라는 "눈에 보이고 의사가 고칠 수 있는 상처보다 보이지 않는 상처가 훨씬 아프다. 남에게 모멸감을 주는 것은 쓸데없이 잔인한 운명으로 고통받게 만드는 것이다"라며 "용기란 두려움이 없는 것이 아니라 두려움을 이기는 것이다"라고 했다. 반인종차별 활동으로 내란죄로 구속돼 1956년부터 27년간 감옥 생활을 한 그를 버텨내게 한 힘은 용기와 인간애였다.

한편 호찌민의 본명은 '응우옌 탓 단'으로, '성공할 사람'이라는 뜻이다. 그는 1942년부터 이 이름을 버리고 호찌민, 즉 '깨우치는 자'라는 이름을 썼다. 1975년에 베트남의 수도 '사이공'의 이름은 그의 이름인 호찌민으로 바뀌었다. 수도의 이름을 바치는 것보다 더 큰 사랑의 표현이 있을까. 30여 년간 타국을 떠돌며 혁명을 도모해 명실상부 통일 베트남을 이룩한 호찌민은 베트남 사람들에게 '호 아저씨'로 불린다. 호찌민시 곳곳에 그의 동상과 기념관이 서 있다. 이런 호찌민을 두고 선생은 "국부(國父)가 아니라 성자(聖者)다"라고 평했다. 이 둘은 애국자이기 이전에 멋있는 삶을 살다 간 사람들이다.

잘 노는 사람이 일도 잘한다

과거 독재정권 시절에는 금지곡이 상당수 있었다. 대개는 사상 문제와 사회 통념이 금지의 이유였다. 예를 들어 이미자의 〈동백아가씨〉는 왜색이 짙은 데다 '꽃잎은 빨갛게 멍이 들었소'라는 마지막 가사가 '빨간' 공산당을 연상시킨다고 해서 금지되었다. 양희은의 〈이루어질 수 없는 사랑〉은 세상을 비관적으로 본다는 이유로, 〈아침 이슬〉은 사회에 분노감을 조성한다는 이유로 금지곡이 되었다. 또한 김추자의 〈거짓말이야〉는 불신감을 조장하고, 송창식의 〈왜 불러〉는 반말이라서, 이장희의 〈그건 너〉는 남에게 책임을 전가한다는 이유로 금지곡이 됐다. 이밖에 신중현의 〈미인〉은 가사가 저속하고 퇴폐적이며, 김민기의 〈늙은 군인의 노래〉는 군인들의 사기를 저하시키고, 한대수의 〈물 좀 주소〉는 물고문을 연상시키며, 배호의 〈0시의 이별〉은 통행금지를 위반했다는 이유로 금지곡이 됐다고 한다. 심지어 이금희의 〈키다리 미스터 김〉은 단신인 박정희 전 대통령의 심기를 건드렸기 때문에 금지되었다고 한다. 참 별의별 이유가 아닐 수 없다.

홍미로운 점은 1970년대의 금지곡 가운데 전통민요가 있다는 사실이다. '노세 노세 젊어서 놀아 / 늙어지면 못 노나니'로 시작하는 〈노세 노세〉가 그것이다. 대체 이 노래는 왜 금지되었을까? 시대 상황을 떠올려보면 답이 절로 나온다. 당시는 박정희 전 대통령이 손수 작사 · 작곡했다는 〈새마을노래〉가 아침마다 전국 방방곡곡에 울려 퍼지던 때다. 남녀노소 모두 아침 일찍 일어나 동네 청소를 시작으로 밤늦게까지 일해도 모자랄 판국에 '노세 노세'라니, 가당키나 한가. 그 시절엔 '노는 것'이 일종의 죄악이었다. 오직 '근면 · 성실'만이 강조되었다. 그리하여 이 노래는 '반사회적'이라는 이유로 금지곡이 되었다.

'인간은 일할 때가 가장 아름답다', '노동은 신성하다', '일하지 않는 자는 먹지도 말라' 등의 산업사회 노동관에 반전이 이루어진 것은 1990년대 중반 이후부터다. 경제성장으로 개인소득이 늘고 그로 인해 자가용이 늘어나면서부터였다. 가장의 업무용 자가용이 휴일이면 레저에 이용되었고, 도시의 젊은 직장인들은 전국을 다니며 휴일을 즐겼다. 당시 이런 세대를 '여치족'이라 불렀다. 그 무렵 캠핑문화에 이어 '여가산업'이라는 용어가 생겨났고 사람들의 가치관이 서서히 바뀌기 시작했다. 일만 하면 피로가 누적돼 오히려 업무성과가 떨어진다 했고, 심하면 과로사 한다는 우려도 제기됐다. '잘 노는 사람이 일도 잘한다'는 말이 생겨났고 이는 대기업 신입사원 채용에도 반영되기 시작했다.

열심히 하는 데는 위험이 따르고 독이 묻는다고 선생은 말한다. 열심히 했다는 말 속에는 인정받고 싶고 대접받고 싶은 심보가 숨어 있다. 우리 문화에서는 일과 놀이가 잘 구분되지 않았고 '어떤 역할을 잘한다'는 것은 곧 '잘 논다'는 것이었다. 원래 놀이라는 말은 춤과 음악까지를 포함하지만 이제 놀이는 놀이, 노래는 노래, 춤은 그냥 춤이 되어버렸다고 선생은 말한다. 선생 말에 따르면 '노세 노세 젊어서 노세'는 젊어서 내 역할을 잘하자는 말이지, 아무것도 안 하고 엉터리로 놀자는 의미가 아니라는 거다.

선생의 얘기가 앞서 언급한 사례들과 완전히 일치하는 것은 아니지만 어느 정도 일맥상통하는 부분은 있다. 차이라고 하면 열심히 일하는 걸 위험하게 본다는 점 정도? 어쩌면 정말 그럴지도 모르겠다. 사실 제 흥에 겨워 신이 나 열심히 일하는 경우는 흔치 않다. 그럼에도 산업사회는 생산성을 높이기 위해 노동자들에게 열심히 일할 것을 강권한다.

선생이 말하는 '열심(熱心)'이란 신나게 놀면서 그와 더불어 일도 잘하는 것을 말한다. 잘 놀면 일도 잘하게 된다는 것이다. 따라서 '노세 노세'는 단순히 놀기만 하는 게 아니라 제 할 일을 잘하면서 노는 것을 말한다.

권력도 지식도 중독된다

전제군주 시대의 권력은 절대 권력이었다. '짐이 곧 국가다'라는 말이 이를 함축적으로 웅변한다. 그러다가 근대 시민사회가 등장하면서 이는 공권력이란 이름으로 바뀌게 된다. 그 와중에 정치권력은 가장 중심적인 역할을 수행했다. 그러나 자본주의, 산업사회가 고도화되면서 정치권력을 넘어 자본권력, 즉 경제권력이 새로운 권력의 주체로 등장했다. 국민에 의해 선출된 권력은 임기를 마치면 끝이 나지만 자본권력은 대물림되는 '반영구적 권력'이다.

산업사회는 각 분야별로 새로운 권력을 분파시켜 왔다. 그래서 경제권력 이외에도 노동권력, 문화권력, 지식권력, 언론(미디어)권력, 시민운동권력, 사학권력, 여성권력, 지방권력이 존재하게 되었고 심지어는 연예계와 스포츠계도 권력화되기에 이르렀다. 이는 각 영역의 영향력이 확대되는 동시에 산업 측면에서도 성장을 거듭한 결과라 할 수 있다.

여기서 주목할 것은 '지식권력'이다. 교양과 지성의 척도이기도 했던 지식은 현대에 와서 지식권력의 뼈대이자 지식산업의 기본 요소로 작동하고 있다. 조선시대의 경우 성리학이 지식권력의 근간이었다. 성리학은 학문적 기반의 근거이자 이를 수학한 인물들이 맥을 이어가면서 학맥을 형성하기도 했다. 그들 가운데 상당수는 과거시험을 통해 벼슬길로 나아가 조정의 핵심 세력이 됐으며, 이후 정치권력의 주체로 변신하였다. 지식권력이 정치권력으로 전이되는 구체적인 사례라고 하겠다.

유럽의 중세사회에서 지식은 수도원과 몇몇 로열패밀리의 전유물이었다. 배움의 기회가 대중화되어 있지 않은 시대였기에 지식은 소수 엘리트 집단에 의해 독점적으로 향유, 전수되고 통치 수단으로 활용되었다. 미셸 푸코는 '근대성'이란 자유, 평등, 박애로 가득 찬 유토피아가 아니라 무수한 지식권력들이 지배의 그물을 짜 나아간 과정에 불과하다고 설파한 바 있다. 여기서 지식은 지배 권력의 발판으로 작용하기도 하고 그 자체가 지식-권력 복합체로 발전하기도 한다. 푸코는 지식과 힘(권력)을 동등하게 보았다. 현대 고도지식사회에서 지식은 인맥, 자금과 결합해 견고한 힘의 원천이 된다.

데카르트와 함께 근세철학의 개척자로 불리는 영국의 철학자 프랜시스 베이컨은 '아는 것은 힘이다(Knowledge is power)'라고 했다. '힘(power)'은 곧 권력을 의미한다. 모르는 사람에 비해 지식을 가진 사람은 무기를 하나 더 가진 셈이다. 그리고 그 무기는 곧 권력의 수단으로 작용할 가능성이 크다. 우리 속담에 '알아야 면장을 한다'는 말이 있다. 이 말을 뒤집어보면 모르는 사람은 면장을 할 수 없다는 얘기가 된다. 안다는 것, 즉 지식을 가지게 되면 지식인의 품격을 갖추게 되고 공동체 속 권력 집단의 일원으로 합류하게 된다. 일제 강점기 무렵만 해도 사범학교나 전문학교 이상을 나오면 지역에서 유지로 대접받았다. 지식이 권력이 된 것이다.

오늘날 사회에서는 이와 같은 상황이 더욱 심화되고 공고해졌다. 어떤 분야에서 상당한 수준의 지식을 갖게 되면 일단 전문가 대접을 받는다. 대학 등에서 강의를 맡을 수 있게 되고, 언론매체 기고, 대중 강연, 서적 출판 등을 통해 명성을 쌓아가게 된다. 그리고 일반적으로 그로 인해 생겨난 영향력은 갈수록 공고해진다. 더 탄탄한 지식권력의 주체가 된다는 얘기다. 개중에는 명강사로 이름을 날리거나 베스트셀러 저자가 돼 명예와 부를 한꺼번에 거머쥐는 경우도 있다. 매력적인 일이다.

매력적인 일은 사람을 유혹하기 쉽다. 그 유혹에 빠져들면 자칫 중독되기 쉽다. 선생은 곳곳에서 지식을 경계하였다. 지식이 고정관념으로 자리하게 된다는 이유에서였다. 말하자면 지배자의 논리 같은 것이 세상의 고정관념으로 굳어지는 것을 경계했다. 더 구체적으로, 승자의 논리가 세상을 지배하게 된다고 본 것 같다.

지식은 은연중에 힘과 권력을 배경으로 사람을 지배하게 한다. 그런 현상이 오래 지속되면 지식권력이 창출해낸 고정관념을 맹목적으로 추종하게 된다. 결과적으로 지식에 중독되고 마는 것이다. 선생은 "지식이나 권력도 돈만큼이나 중독된다"고 했다. 스스로를 두고는 "계속해서 중독에서 빠져나오는 중"이라며 "(중독에서) 벗어난 결과라고 생각하지 않는다. 유혹도 많고 지배욕도 일어나고 돈의 필요에 헤맬 때도 많다"고 고백했다. 우리는 죽을 때까지 지식을 쌓으라고만 배워왔다. 그런 지식에 우리가 중독될 수도 있음을 아는 사람은 몇이나 될까. 선생의 마지막 한마디가 귓전을 때린다.

"물에 빠진 것과 수영을 하는 것은 엄연히 다르다. 헷갈리지 마라."

세속적 욕망

세상 사람 열에 아홉은 부와 권력을 꿈꾼다. 공부를 하는 이유도, 사업을 하는 목적도, 심지어 사랑마저도 이 때문인 경우가 더러 있다. 이를 탓할 수만은 없다. 부와 권력을 쥐지 못하면 인간 대접 받기가 어려운 세상이 되어버렸다. 현대인들에게 세속적 욕망은 삶의 동인(動因)이자 가치다. 보통 둘 가운데 하나를 쥐면 다른 하나는 절로 따라온다. 권력을 기반으로 부를 축적하거나 아니면 부를 토대로 권력집단에 진출하는 것이다.

사람들의 세속적 욕망은 끝이 없다. '말 타면 종 두고 싶다'고 하지 않나. 100억을 벌면 1,000억을 벌고 싶고, 차관이 되면 장관이 되고 싶은 게 사람 마음이다. 선생의 표현을 빌리자면 '중독'이 되기 때문이다. 대개는 질보다 양을 추구하다 보니 외양만 커질 뿐 내면은 더 타락하여 악질로 치닫기 십상이다. 재화는 한정적인데 어느 한 사람이 더 많이 차지하려면 누군가의 몫을 빼앗아야 하기 때문이다. 이 때문에 분란이 생기고 갈등이 빚어진다. 흔히 이런 행태를 점잖게 '신자유주의'라고 부르는데, 사실은 '약탈주의'라 부르는 게 맞다.

"세속적 욕망을 이룬 사람들은 실제로는 허망한 사람들이다. 그 사람들이 그걸 알까 모르겠다. 그것도 모른다면 불쌍한 사람들이다. 돈이나 권력, 지식을 추구해 성취한 사람들은 자신들이 그것에 지배당한 사실을 꾸미고 감추기 바쁘다. 그들에게는 이기심이 삶의 에너지다. 강한 에고이즘은 늙지 않는다. 늙어서도 그 욕심을 버리지 않다가 결국 자기 파멸, 즉 죽음에 이른다. 더 불행한 일이 없기를 바라며 오직 잘 죽기만을 바랄 뿐이다. 지난 삶이 위선이 아니길 바라는 마음은 공포에서 나오며 동시에 늙으면 갖게 되는 마음이다."

맨손으로 현대그룹을 일군 정주영 회장도 평탄하고 행복하게 살았다고 보기는 어렵다. 쌀가게 점원으로 시작해 굴지의 기업을 키워냈으니 기업인으로서야 성공한 삶이다. 그러나 말년에 대통령이 돼보겠다고 정치에 나서면서 겪지 않아도 될 수모를 겪고, 굳이 맛보지 않아도 될 쓴잔을 들이켜야 했다. 대통령이 되기 위해 쏟은 정열과 자금을 세상에 쏟았더라면 그의 생이 한결 더 고결하고 값지게 기록됐을 것이다.

물론 자기 성취와 생활인으로서의 세속적 욕망이 비난받을 부분은 아니다. 노래가 취미인 사람이 가수나 성악가로 대성하여 사람들에게 좋은 노래를 들려주는 것처럼 사업가가 꿈인 사람이 기업을 일궈 일자리를 창출하고 문명의 이기를 만들어내는 것은 분명 바람직한 일이다. 문제는 이들이 그 기반을 토대로 권력을 탐하거나 엉뚱한 사업으로 지나치게 욕심을 부리는 경우인데, 대개 새로운 도전은 실패하기 십상이다. 또 기존의 터전마저 붕괴되는 경우도 많다. 종국에는 불행한 결과가 기다리고 있으니 이 또한 자기 궤멸적인 삶이라 하지 않을 수 없다.

고정관념에 대하여

사람은 누구나 고정관념을 갖고 있다. 그 고정관념은 옳은 것일 수도 있고 틀린 것일 수도 있다. 개인의 성장 환경이나 역사관, 세계관 등이 다르기 때문에 고정관념은 저마다 다르다. 선입견과는 다른 개념이지만 선입견이 굳어져 고정관념이 되는 경우가 허다하다. 참고로 고정관념은 사전에 '어떤 사람의 마음속에 잠재하여 항상 머리에서 떠나지 않고 외계(外界)의 동향이나 상황의 변화에 의해서도 변혁되기가 어려운 생각'이라고 정의되어 있다.

뚱뚱한 사람은 게으르다, 마른 사람은 성마르다, 건강한 사람은 오래 산다, 부자는 행복하다. 이런 것들이 모두 고정관념(혹은 선입견)이다. 사람들이 고정관념을 깨라고 하는 걸로 봐서는 고정관념이라는 말 자체에 이미 부정적인 요소가 들어가 있는 듯하다.

시대가 변하면 가치관이나 시대정신도 바뀐다. 자녀를 잘 먹여 건강한 '우량아'로 키우도록 독려하는 시대는 이미 깨졌다. 배달민족, 단군의 자손을 강조하던 한민족의 순수혈통주의 역시 '다문화'가 유입되면서 무너져 내렸다. 세상의 변화로 인해 저절로 고정관념이 깨지기도 한다.

"뭘 확실하게 안다는 것, 그것이 바로 고정관념이다. 사람들은 틀린 관념을 고정관념이라고 잘못 알고 있다. '해가 동쪽에서 떠서 서쪽으로 진다'는 말은 내가 미치지 않았다는 전제 위에서 가능한 것이다. 강제로 훈련된 생각을 하지 말라. 신념 같은 것도 강조하지 말라. 확신은 곧 고정관념이 돼버려 뭘 자유롭게 말할 수 없게 만든다. 사람들은 이런 말을 할 생각조차 하지 않는다. 때론 건방진 생각이 의무일 때가 있다. 또 화를 내는 행동이 의무일 때도 있다."

선생의 이런 말은 놀랍고 무섭다. 어찌 보면 기성의 권위에 대한 분별없는 도전이요, 보편 상식에 대한 무도한 도발이다. 그러나 이런 것 역시 고정관념일 수 있다. 기성의 권위가 무엇이며 보편 상식은 또 무엇인가? 태초에는 없었다. 전부 사람들이 만들어낸 것이다. 그리고 대부분의 사람들이 그걸 고정관념으로 받아들여 숭앙(崇仰)하고 있다. 선생의 분별없는 도전, 무도한 도발이야말로 고정관념을 깨는 첫걸음인지도 모른다.

세상 사람들이 진리라 믿고 있는 종교, 과학, 상식, 지식 같은 것도 따지고 보면 고정관념의 하나일 뿐이다. 그리고 이러한 것들은 힘 있는 자들에 의해 결정된다. 다시 말해 '확실한 앎'은 힘으로 결정되며 '정의(正義)'로 포장되기도 한다. 하지만 그 실상은 착각, 조작, 환원인 경우가 많다. 재판부에 제출된 증거가 힘을 가진 재판부의 인정 여부에 따라 진리 혹은 거짓으로 결정되는 것과 같은 이치다. 예수도, 소크라테스도 모두 '공정한' 재판의 결과로 죽음을 맞았다. 고정관념을 타파하지 않으면 세상은 한 걸음도 앞으로 나갈 수 없다.

교육이란 무엇인가?

〈한겨레〉 인터뷰 이후 선생은 부쩍 나들이가 잦아졌다. 곳곳에서 강연 초청을 받기 때문이다. 하긴 지금까지 그 나이의 어른에게서 그런 소리를 들어본 적 없으니 그럴 만도 하다. 선생은 여건만 되면 어디든 달려간다. 꼭 무슨 거창한 강연을 하려고 해서가 아니라 사람 만나는 걸 좋아하기 때문이다. 사실은 '놀러' 가는 셈이다. 그래서 강사료도 대중없다. 주는 대로 받는 모양이다. 그런데 그것도 술값으로 내놓기 일쑤다. 작년 초겨울 '철행사(철학으로 행동하는 사람들)' 초청으로 강화도에 가서는 강사료 절반을 다시 기부금으로 내놓았다.

작년 4월에는 광주에서 강연을 했는데, 지역 문화단체가 기획한 '2014년 젊은 벗들을 위한 인생 학교' 강좌였다. 선생이 첫 강사였고, 강연 주제는 '채현국의 여행 이야기'였다.

선생에게 광주는 초행이 아니었다. 광주의 상징 무등산과 5 · 18묘지에 이미 여러 번 다녀왔다. 전두환 정권 시절에 5 · 18 광주항쟁으로 피 흘린 수많은 호남인들이 선생에게는 늘 마음의 빚이었던 모양인지 선생은 "저뿐만 아니라 많은 사람들이 호남인들에게 신세를 졌다. 광주분들이 날 청한다는 게 조금 송구스럽다"며 몸 둘 바를 몰라 했다.

이렇게 시작된 이날 강연 중반 무렵에 어떤 이가 "교육이란 뭔가요?" 하는 질문을 던졌다. 선생은 사립학교 재단 이사장을 맡고 있으니 선생의 직업을 굳이 분류하자면 '교육자'일 것이다. 그러나 선생은 자신을 '교육자'라고 스스로 말해본 적이 없다. 어쨌든 교육자인 선생에게 자연스럽게 나올 만한 질문이었다. 선생은 마치 기다렸다는 듯이 대답했다.

"자발(自發)되게끔 강제하는 것이 교육이다. 신나게 공부를 하고 싶게 어떻게 꼬시느냐? 여기엔 약간의 사기성, 약간의 배우처럼 하는 게 필요하겠죠. (아이들이) 지 공부 하도록 해야지, 강력하게 가르치면 그건 세뇌예요. 뭐가 옳고 그른지를 왜 선생 마음대로 세뇌를 해? 지는 수학이 재미있어서 수학선생님이 됐지만 애들이 수학이 재미있으려면 여러 가지 우여곡절이 필요한 거지. 근데 그 아이들하고 신나게 살믄 (그런 일이) 일어나지 않겠어요? 선생님이 애들하고 살면서 속 썩는 시간이 자기 시간이라고 느끼지 못하면 아주 허무해집니다. 그 애들하고 속 썩는 시간, 속 썩는 깊이, 그 답 없는 일을 머리카락 다 빠지고 이 빠지도록 하는 사람들, 그거밖에는 남는 거 없지."

결국 아이들이 제 스스로 즐겁게 공부하도록 분위기를 만들어주는 것이 교육이라는 얘기다. 무릇 교육이란 아이들이 스스로 깨우칠 때까지 도와주고 보호해주는 식으로 가야 한다. 말로는 간단하고 쉽다. 암기식 교육, 주입식 교육, 강제 교육이 판치고 있는 현실에서는 자칫 동화 속 얘기처럼 들리기도 한다. 시험 잘 치르고 유명 대학 들어가는 게 우리 현실 속 교육 아닌가?

선생이 이사장으로 있는 개운중학교나 효암고등학교도 별반 다르지 않을 것이다. 왜냐하면 그곳 학생들도 졸업 후 좋은 대학에 입학하는 것이 최종 목표이기 때문이다. 모르긴 해도 이상과 현실 속에서 선생의 고민도 적지 않을 것이다. 선생은 "안 되는 놈은 안 되는 거다. 그대로 두는 쪽이 오히려 그 사람 삶에 낫다"며 학생들을 고문하듯이 강제로 휘두를 일은 아니라고 말한다.

자식 위한다는 치사한 소리 마라

우리 교육이 이렇게 된 데는 학부모들의 극성도 한몫을 했다. 부모와 학부모는 다르다. 앞에 '배울 학(學)' 자 하나만 더 붙은 것 같지만 학부모와 부모는 확연히 다르다. 부모가 밥상머리 교육의 주체라면 학부모는 과외 교육의 주체다. 오늘날 우리 사회 학부모들의 행태는 맹모삼천지교(孟母三遷之敎)와는 또 다르다. 열성을 넘어 극성, 극성을 넘어 범죄를 마다하지 않는다. 대표적인 것이 자녀의 강남 8학군 진학을 위한 불법 위장전입이다. 고위 인사들의 국회 인사청문회 때 더러 등장하는 위장전입의 8할은 자녀교육 때문이다. 이에 대해 선생은 따끔하게 일침을 날린다.

"본능에 쫓기듯 자기 자손을 위해 무한 욕심을 내도 잘못이나 범죄가 아니라는 생각, 그건 아주 엉터립니다. 그럴 수 없죠. 자기가 실현 못한 인생을 살아달라고 강제하는 수단 아닙니까? 제발 자식을 위해서라고 거짓말하는 치사한 짓은 하지 맙시다. 부모를 위한다고 하면 몰라도."

한때 대학을 우골탑(牛骨塔)이라 불렀다. 가난한 시골에서 자녀 대학 보내려면 소 팔고 집 팔아 학자금을 마련했다고 해서 생겨난 말이다. 지금도 사정은 별반 다르지 않다. 그러나 이런 말을 꼭 나쁘게만 보지 않았던 것은 한국인들의 교육열을 높이 샀기 때문이다. 좁은 땅덩어리에 자원은 없고, 오직 교육만이 유일한 대안이었다. 국가도 가정도 마찬가지였다. 그래서 자식을 위해 일생을 바친 부모들의 얘기는 수도 없이 많다.

일제시대 '북청 물장수'가 그 좋은 예다. 근대적인 수도시설이 들어서기 전 서울에는 각 가정에 물을 배달해주는 물장수가 있었는데, 그들 가운데 함경남도 북청(北青) 출신이 많아 북청 물장수라는 말이 일종의 고유명사가 됐다. 물장수는 새벽 일찍 일어나 집집마다 물을 지어 날라주고 품삯을 받아 생활했다. 남달리 교육열이 높았던 이들은 번 돈으로 자녀의 학업을 뒷바라지하였다. 경성제국대학(현 서울대 전신) 합격자 발표가 난 어느 날, 한 북청 물장수의 손에는 아들의 이름이 합격자 명단에 실린 신문이 쥐어져 있었다고 한다.

반면 일부 소수의 얘기이겠으나 부모의 체면을 위해 자식을 혹사시키는 사람들이 없지 않다. 주로 소위 있는 집, 배운 집 사람들일수록 더하다. 부모가 대학을 나왔으니 자식은 죽어도 대학을 나와야 한다며 재수,

삼수에 안 되면 동남아로까지 대학을 보내는 부모, 아버지가 법대를 나왔으니 자식의 적성과 능력은 묻지도 따지지도 않고 법대를 고집하는 부모가 바로 그런 부류다. 이런 사람은 부모가 아니라 학부모다. '자식'이 아니라 '자신'을 위하는 '부모'다. 작년 8월 〈경남도민일보〉 초청 강연에서 선생은 이렇게 말했다.

"학교가 아이들을 돈 · 권력의 앞잡이로 키워선 안 된다. 입시 공부가 아닌 진짜 공부를 하라."

추하지 않게 늙는 법

다들 곱게 늙고 싶어 한다. 몸도 마음도 외양도 곱게 늙고 싶어 한다. 이는 나이 든 이들의 로망이다. 갈수록 고령화사회가 진전됨에 따라 이 같은 욕구는 더 커지고 있다. 그러나 이런 욕구가 있다고 해서, 또 단순히 돈이 많다고 해서 누구나 곱게 늙을 수 있는 건 아니다. 대부분의 사람은 별 개성 없이 늙거나 더러는 추하게 늙는 것이 보통이다. 곱게 늙는다는 것은 평생을 곱게 살아온 사람에게만 주어지는 생의 마지막 선물인지도 모른다.

흔히 남자는 세 가지 불행만 피하면 성공한 삶이라는 속설이 있다. '초년 출세(出世), 중년 상처(喪妻), 말년 무전(無錢)'이 그것이다. 일찍 출세하면 그만큼 일찍 물러나야 한다. 또 중년에 아내를 잃으면 사는 게 고단하고, 말년에 돈이 없으면 초라하게 된다. 이 가운데 해당되는 것이 하나만 있어도 살기가 힘들 텐데 만약 셋 다 해당된다면 그 삶은 고단하다 못해 추해지기 쉽다.

"추하게 늙지 않기 위해 뭘 배우려 들지 말라. 추하게 늙지 않으려고 하는 것 자체가 약은 짓이다. 인간은 끊임없이 자신을 속이며 산다. 자기 합리화가 그것이다. 자신이 추하다고 자책하지 말고 모든 문제는 자신을 걸고 넘어져야 한다. 스스로를 책망하고 반성하는 자체부터가 자기 합리화의 한 변형일 따름이다. 자신의 삶에 대해 긍정하는 자세부터 가져야 한다. 설사 부정할 사안이 있다손 쳐도 '내가 그런 게 아니라 사람이 모두 그러하다'는 식으로 넘겨버려야 한다. 그렇게 하면 사람이 추하지 않게 늙을 수 있다."

생물은 늙으면 추한 꼴이 된다. 이팔청춘 곱디고운 모습은 온데간데없어진다. 세월의 흔적이 쌓이면 고운 얼굴에 주름이 지고 검버섯도 생겨난다. 비단 외양만이 아니다. 생각은 고루해지고 행동은 이기적이 되기 쉽다. 또 막연한 미래에 대한 두려움으로 사람을 쉬이 믿지 못하기도 한다. 지나온 자신의 삶에 대해 구구하게 설명하려 들기도 하고, 나이 어린 사람들이 잘 몰라준다며 서운해하기도 한다. 끊임없이 자기 합리화를 하려 드는 것이다. 이러면 본인도 피곤하고 주변도 피곤하다. 결국 추한 모습을 보이게 된다. 많이 배운 사람이나 덜 배운 사람이나 비슷하다.

늙고도 추하지 않은 것은 자연스러움이다. 늙은 사람은 젊은 사람을 따라갈 수 없다. 어떻게 하더라도 그건 그냥 젊은이들을 흉내 내는 것일 뿐이다. 그렇다면 추하게 늙지 않으려 발버둥 칠 게 아니라 노년의 특장점을 찾아야 한다. 노년에는 노년의 멋과 아름다움이 있다. 흰머리나 자연스러운 주름 등이 완숙미의 표상이 될 수도 있는 일이다. 지난날에 대해서는 자기 합리화 대신 자기 고백이 어울린다. 그것이 젊은이들에게 당당해질 수 있는 길이다. 그렇게 되면 노년의 삶이 추하지 않다.

죽음에 대처하는 방법

생명은 유한하다. 살아 숨 쉬는 존재는 다 죽게 마련이다. 무릇 생명을 가진 모든 존재는 시한부 삶을 살고 있다. 들판의 이름 없는 풀 한 포기도, 만물의 영장인 사람도 때가 되면 다 죽는다. 죽기는 매한가지다. 불로초를 찾아 온 세상을 뒤진 절대 권력자 진시황도 죽었고, 고금의 왕후장상, 불멸의 영웅도 다 죽었다. 그 누구도 죽음을 거부할 수 없다. 죽음 앞에 무릎 꿇지 않은 자는 아무도 없었다. 한번 태어나 언젠가 죽는다는 것은 절대적 명제다. 그러나 평소 자신이 죽는다는 사실을 생각하면서 사는 사람은 거의 없다. 살다가 죽을 때를 맞아 남들처럼 죽으면 그뿐이라 여기며 산다. 그렇게 생각하지 않는다면 삶 자체가 두렵고 고통스러울 것이다.

죽음은 어느 날 문득 예고 없이 찾아오는 것이 보통이다. 물론 고질병이나 고령으로 예고된 죽음도 없지는 않다. 그러나 대부분은 준비되지 않은 상태에서 맞닥뜨린다. 그러고 보면 삶은 죽음을 향해 달려가는 하나의 과정일 따름이다. 또한 죽음은 삶의 또 다른 완성 형태라고도 할 수 있다. 죽음으로써 비로소 이 삶에 종지부를 찍게 되니 말이다. 그럼에도 대부분의 사람들은 죽음의 절벽으로 달려가다 결국 낭떠러지 아래로 떨어지고 만다. 그게 바로 생의 끝이요, 결론이다. 유(有)에서 무(無), 본래의 제자리로 돌아가는 것이니 따지고 보면 슬퍼할 일도 아니다. 이승에서 저승으로 거처를 옮기는 것에 다름 아니다. 어떻게 죽음에 대처할 것인가.

"갑자기 죽으면 편하긴 한데 나한테 미안한 일이다. 기껏 살게 해줬더니 삶을 우습게 안다고 하지 않을까 모르겠다. 그러나 자신의 상태를 판단할 수 없을 정도로 너무 오래 사는 것은 싫다. 그런 삶은 진실하지 못하다. 자신에게 실례가 되도록 너무 오래 살면 안 된다. 형이 자살한 이후 줄곧 죽음을 생각해왔으나 난 이제 죽음이 두렵지는 않다. 죽음을 불안과 공포라고들 표현하기도 하던데, 사실 사는 것 자체가 불안과 공포 아닌가? 열심히 살아온 사람에게 죽음은 휴식이다."

죽음은 선택과목이 아니라 필수과목이다. 넘어야 할 산이요, 건너야 할 강이다. 요령을 피워보고 잔꾀를 부려봐도 비켜갈 수가 없다. 죽음 앞에서는 권력도 뇌물도 통하지 않는다. 오직 원칙과 정도만이 존재할 뿐이다. 그렇다면 사술을 피워선 안 된다. 정면으로 맞닥뜨려 한판 붙어야 한다. 그리고 여기서 지면 깨끗하게 무릎을 꿇어야 한다. 그 길만이 추하지 않게 생을 마감하는 길이다. 고래로 그 누구도 죽음을 물리치는 왕도를 알지 못했다. 죽음과 싸워서 이긴 성공 사례도 없다. 완벽한 패배만이 완벽한 생의 마감을 기록할 뿐이다.

웰빙(well-being)에 이은 요즘 화두는 웰다잉(well-dying)이다. '죽음체험학교'라는 곳도 있다. 살아서는 잘 사는 게 지고지선, 죽을 때는 잘 죽는 게 지고지선이다. 말년에 아프지 않고 건강하게 살다가 죽음에 임박해서는 고통 없이 죽는 걸 말한다. 그러나 진정한 웰다잉은 적절한 때 자신에게 부끄럽지 않게, 실례가 되지 않게 고이 사라지는 것이다. 품위 있는 죽음을 맞이하려면 자신에게 부끄럽지 않을 만큼 충실한 삶을 살아가야 한다.

3부

비틀거리며 살아왔지만

– 나의 삶, 나의 벗

“

좋은 벗이 되는 데 꼭 긴 세월이 필요한 것은 아닌 것 같다. 골동품은 골동품이어서 좋지만 새것은 새것이어서 좋지 않나.

”

천부적 사업가, 아버지 채기엽

나의 아버지는 천부적인 사업가였다. 내 생애에서 아버지는 기댈 수 있는 언덕이기보다 오히려 짐 같은 존재였다. 하지만 그렇다 해도 아버지를 제외하고 내 삶을 이야기하는 것은 불가능하다. 어떤 의미로든 아버지는 나의 삶에 큰 영향을 미쳤다.

나의 아버지 채기엽(蔡基葉)은 1907년 경북 달성군 공산면 출신으로 1988년 미국 로스앤젤레스(LA)에서 별세했다(LA에 내 이복형제들이 살고 있다). 호는 효암(曉巖). 효암학원의 이름은 아버지의 호에서 따온 것이다. 아버지는 흥국탄광회사를 설립, 강원도 삼척군, 정선군 일대에서 탄맥을 개발해 일약 굴지의 탄광업체 경영자로 떠올랐고, 이후 무역, 목축, 임산, 조선, 해운 등 다방면으로 사업을 전개하였으며, 당시 이름도 없던 해인대학을 인수하여 오늘날 경남대학교의 기틀을 마련하였다. 이밖에도 양

천부적 사업가였던 부친 고(故)채기엽 선생.

산군 웅산면 소재 6학급 중학교를 인수하여 오늘날 개운중학교 및 효암고등학교의 모태인 효암학원의 발판을 만들었으니 내가 이룬 것들은 모두 아버지에게서 온 것과 다름없다.

내가 네 살 때이던 1938년, 아버지는 중국 상하이(上海)로 도망 아닌 도망을 갔다. 당시 '대구경찰서 폭파미수 사건'에 연루되었기 때문이다. 거사의 주역까지는 아니더라도 어쨌든 독립운동 진영의 말석에 몸을 담았다는 것이고 그런 이유로 상하이로 망명을 가게 되었다. 아버지가 망명지를 상하이로 택한 데는 나름의 이유가 있었다. 시인 이상화의 형 이상정(李相定) 장군이 당시 그곳에서 활동하고 있었기 때문이다. 아버지는 이상정 장군이 운영한 교남학원 1회 졸업생이어서 그와 인연이 있던 터였다.

그런데 상하이에 도착하고 보니 정작 이 장군은 충칭(重慶)으로 떠난 뒤였다. 1932년 4월 윤봉길 의사의 의거 후 임시정부가 피난길에 올랐기 때문이다. 당시 상하이에는 친일파가 득실거렸기 때문에 아버지는 한때 밀정으로 오해받아 곤욕을 치르기도 했다.

그러던 중 우연히 지인의 소개로 베이징(北京)에서 사업을 시작해 큰돈을 벌게 됐다. 그런데 그 큰돈이라는 것이 보통 큰돈이 아니었던 모양이다. 당시는 전쟁통이라 교통 사정이 좋지 않았고 자칫하면 팔로군에게 붙잡혀 죽을 수도 있는 판국이었다. 물자 보급이 잘 되지 않던 상황이다 보니 트럭으로 물건을 싣고 가면 그 대가로 기존 금액의 열 배, 스무 배도 받았다고 한다. 그러니 떼돈을 안 벌래야 안 벌 수가 없었다. 그렇게 번 돈으로 상하이에서 견직공장, 비료공장 등 회사를 여럿 운영하였다. 이러한 이야기는 아버지에게 직접 들은 것이 아니라 훗날 학도병 출신으로 소설가가 된 이병주(李炳注) 선생에게 전해들은 것이다.

하지만 아버지가 떼돈을 번 것은 어디까지나 망명지 상하이에서의 일일 뿐, 국내에 남겨진 가장 없는 집안의 살림살이는 물어보지 않아도 뻔했다. 우리 세 모자는 어머니의 '공창 비단옷' 삯바느질로 겨우 입에 풀칠을 하고 지냈다. 다행히 뛰어난 바느질 솜씨 덕분에 일감이 끊이지 않았고, 품삯도 남들보다 조금 더 비쌌다. 그렇게 어머니가 어렵사리 번 돈으로 집안은 그나마 사람 사는 모습을 갖추게 되었고 형은 중학교에도 다니게 되었다. 그러나 그렇다고 해도 아버지가 중국에서 돌아오기 전까지는 굶는 일이 허다했다. 한번은 사흘을 내리 굶고 쓰러져 실려 가기도 했다. 요즘 사람들로서는 믿기 어렵겠지만 그땐 그런 일이 참 흔했다. 그러다 보니 난 요즘도 콩깻묵, 꽁보리밥, 호박죽은 생각만 해도 징그럽다.

아버지가 중국으로 망명한 지 7년 만에 마침내 조선은 해방이 됐다. 그러나 아버지는 곧바로 돌아오지 못했다. 거기에는 두 가지 이유가 있었다. 하나는 그 많던 재산을 중국군에게 빼앗겼기 때문인데, 그래도 남겨둔 재산이 있어 그것이나마 고국으로 가져올 궁리를 하던 중이었다. 다른 하나는 현지에서 만난 여자와 그 사이에서 낳은 아이들이 걸려 발길이 쉬이 떨어지지 않았던 것 같다. 아버지는 상하이에서 살던 큰 집을 이상정 장군의 부인이자 한국인 최초의 여성 전투기 조종사인 권기옥(權基玉) 여사에게 넘겨주고 이듬해인 1946년에야 귀국길에 올랐다. 내가 국민학교(현 초등학교) 3학년이던 해 여름의 일이었다.

'좌익' 친형, 휴전협정 당일 자살

귀국 후 아버지는 가족이 살고 있던 대구에서 다시 사업을 시작했다. 중국서 돌아올 때 빈손으로 오다시피 했지만 기술자들을 모아 카펫 공장을 차리고, 차차 무역업에도 손을 댔다. 사업가란 제 손에 돈을 쥐어야만 사업을 시작하지 않는다. 사람이 모이고 사업 여건이 되면 자금은 꾸어서라도 일을 시작하는 것이 사업가들의 행태다. 아버지는 유달리 그런 사업 수완이 좋았다. 말 그대로 천부적인 사업가였다.

그러나 대구 생활은 그리 오래가지 않았다. 당시 좌익에 탐닉해 있던 형 때문이었다. 형이 다니던 대구 계성학교(현 계성고등학교)는 대구 지역 좌익의 아지트나 마찬가지였다. 일제하부터 지식인들 가운데는 좌익에 탐닉한 사람이 적지 않았다. 좌익이 내건 반제(反帝)-반봉건 사상은 식민지 조선 청년들을 매료시키기에 충분했다. 또 항일 민족 세력 가운데도 좌파

진영이 존재했기에 좌파운동은 항일 투쟁의 한 방략(方略)으로 이해되기도 했다. 이에 미군정은 한때 좌익들의 사회활동을 인정했다. 그래서 잠시나마 각종 좌익단체와 〈노력인민〉, 〈해방일보〉 등의 좌익 매체들이 만개했다.

지금이야 보수 우익의 본거지로 불리지만 미군정 당시 대구는 '조선의 모스크바'였다. '대구 10 · 1사건'이 대구에서 터진 것도 그런 연유에서였다. 10월 1일 기아데모로 시작한 항쟁은 12월 중순경 전국으로 퍼졌다. 당시 대구 · 경북 인구 310만여 명 중 70만여 명이 파업과 시위에 참여했으니 그 규모가 어느 정도였는지 짐작할 수 있다.

장남이 좌익에 빠져 자칫하면 죽게 될 위기에 처하자 아버지는 장남을 데리고 서울로 올라갔다. 일단 장남을 대구의 좌익 무리들로부터 떼놓을 생각이었다. 배재학교에 적을 두고 럭비선수, 축구선수로 활동하던 형은 서울대 상과대학에 들어갔으나 그곳에서 다시 좌익활동을 시작했다. 얼마 후 미군정은 좌익단체를 불법단체로 규정하여 단속을 시작했고 그런 와중에 1950년 6월 한국전쟁이 발발했다.

전쟁이 나자 서울에 있던 대학들도 피난길에 올랐다. 초창기에는 각 대학별 자체 교사(校舍)가 없어 피난지 부산에서 이른바 '전시연합대학'을 만들어 서로 뒤섞여 수업을 했다. 그러다가 1952년 들어 서울대는 부산 서대신동에, 연세대와 이화여대도 부산에 임시 교사를 마련했다. 또 고려대는 대구 원대동에 임시 교사를 두었는데, 친일연구가 임종국 선생(작고)도 이때 대구서 고려대 정외과에 입학했다.

1953년 7월, 유엔군과 공산군 간에 휴전협정이 체결되면서 전쟁이 그치자 지방에 피난 가 있던 대학들은 서울로 되돌아왔다. 당시 형은 서울대 상대 4학년이었다. 이제 머잖아 대학을 마치고 사회로 나갈 부푼 꿈을 가질 법도 했다. 그런데 이게 웬 날벼락인지.

7월 27일 휴전협정이 체결된 당일 형은 돌연 자살을 하고 말았다. 앞날이 창창한 스물여섯 살의 청년이었다. 형은 "이제는 영구분단이다. 잘 살아라"라는 한마디를 남기고 갔다. 분단은 결코 개인이 책임질 일이 아니다. 그럼에도 형은 극단적인 선택을 했다. 하긴 그 무렵 삶에 대해 비관적인 태도를 보이기는 했다. 아마도 대구에서 같이 좌익활동을 하던 친구들이 대부분 죽은 데서 온 허탈함 때문이었을지 모르겠다. 그렇게 장남의 돌연한 자살로 집안은 풍비박산이 났다.

휴전이 되면서 나도 가족을 따라 서울로 올라갔다. 피난지 대구에서 전시연합중학교를 졸업하고 고등학교 1학년의 절반 정도를 다닌 상태였다. 형의 갑작스런 죽음으로 충격을 받았지만 서울로 올라가자마자 어찌어찌 서울사대부고에 진학할 수 있었다. 연말에 입학금을 들고 학교로 찾아가서 시험을 쳤는데 모두 100점을 받아 무사히 입학할 수 있었다. 내 머리가 좋아서가 아니라 전쟁통에 서울이 대구 연합중학교보다 진도가 늦어 이미 배운 내용이 다 시험에 나온 덕분이었다.

나는 휴전협정이 체결될 무렵인 1953년에야 상경했지만 아버지는 그보다 앞선 1952년 9월에 이미 상경하여 종로구 경운동(현 천도교 수운회관 부근)에 연탄공장을 차려 운영하고 있었다. 오늘날 서울 도심 한복판에 연탄공장을 차린다는 건 상상도 할 수 없는 일이지만 당시까지만 해도 연탄은 신식 연료였다. 1950년대 이후부터 가정의 난방용으로 널리 사용되었고, 연탄이 잘 타게 하려고 위아래로 구멍을 뚫었기에 흔히 '구공탄'이라고 불렸다. 구멍 수에 따라 9공탄, 19공탄, 32공탄 등으로 불렸는데 가정용 일반 연탄은 22공탄이 대부분이었다.

당시 최첨단 연료 사업이던 연탄 제조를 하던 아버지도 돌연한 큰아들의 죽음에 충격을 받았는지 공장을 버리고 강원도로 가서 탄광사업에 손을 댔다. 그 탄광이 바로 우리 집안의 상징이 된 흥국탄광이다. 1953년 5월의 일이다. 사장이 하루아침에 갑자기 사라지자 연탄공장은 경영난에 빠졌고, 어쩔 수 없이 아들인 내가 나서야 했다. 하필이면 여름이라 연탄이 팔리지 않는 때여서 나는 '아이스케이크' 장사를 생각해냈다. 연탄공장 안에 얼음 창고를 짓고 한쪽 구석에 땅굴을 파 생활하면서 인부 7~8명과 리어카에 아이스케이크를 싣고 다니며 낙원시장 부근에서 장사를 했다. 그러다 가을바람이 불면 단팥죽 장사로 간판을 바꾸어 달았다.

아이스케이크 장사는 내가 처음 해본 사업이었다. 처음엔 어디까지나 돈벌이가 아니라 아버지를 대신해 나선 일이었다. 그러나 이것이 하나의 계기가 되었던지 이후 나는 경영자의 길을 걷게 되었다.

입사 3개월 만에 그만둔 첫 직장

나는 1956년 서울대 철학과에 입학하여 4년 만인 1960년 8월에 졸업했다. 군대는 독자(獨子)인 덕분에 9개월 복무로 넘겼다. 졸업을 하고 나니 무엇을 할지가 고민이었다. 원래 유학을 가고 싶었으나 당시 집안 사정이 여의치 않았다. 마찬가지로 평소 가슴에 품었던 연극배우의 꿈도 접어야 했다. 키도 작고 인물도 떨어져 소위 '깜'이 아니란 걸 깨달았던 것이다. 하릴없이 한동안 책이나 보면서 백수 생활을 하다가 이듬해 10월, KBS의 전신인 중앙방송국에 취직을 했다.

내가 방송국을 직장으로 택한 것은 대학 때 연극을 한 것과 무관하지 않다. 나는 교육의 가장 대중적인 형태가 연극이라고 생각했다. 영상매체는 글자를 모르는 사람에게도, 지식이 없는 사람에게도 감정적인 형태로 메시지를 전달할 수 있다. 그런 의미에서 지금도 난 한류이니, 케이팝

(K-pop)이니 하는 현상들을 긍정적으로 본다. 그건 우리의 시시한 일상, 찰나가 예술로 승화되는 일종의 '대중혁명'이다. 나는 그런 영상의 힘으로 무언가를 해보고 싶었다.

당시 중앙방송국은 문화공보부(현 문화체육관광부) 방송관리국 산하의 국영방송이었다. 지금의 KBS 위상과 별로 다를 게 없었다. 당시 중앙방송국에는 현역 육군 대령 김 모 씨가 감독관으로 나와 있었는데 그의 위세가 방송국장보다 높았다. 방송국 내 부서는 편성과와 기술과, 두 개 과였고 편성과 산하에 아나운서실(당시 실장은 장기범 씨)과 보도계가 있었다. 보도계에는 기자가 7명 있었는데 이들은 도저히 취재를 할 여건이 못돼 신문기사를 그대로 베껴서 방송했다. 이를 '필생(筆生)'이라고 불렀다. 이들이 정식으로 취재를 하기 시작한 것은 중앙방송국이 공사(公社)가 되고 난 뒤였다.

내가 몸담았던 직종은 요즘으로 치면 PD로, 정식 명칭은 '연출 1기'였다. 〈여인천하〉, 〈용의 눈물〉 등으로 유명한 김재형 감독(작고)이 내 입사 동기였다. 당시 라디오뿐이었던 중앙방송에서는 텔레비전 방송 개시를 앞두고 드라마 연출자를 뽑았는데 내가 여기에 지원해서 합격한 것이었다. 대학 시절 연극을 함께했던 이순재 선배는 먼저 입사해 드라마센터 단원으로 활동하고 있었다. 대학 때 연극을 했던 내가 이순재 선배처럼 탤런트가 아니라 연출직을 선택한 것이 다른 사람들 눈에는 의외였겠지만 앞서 말했듯이 난 나름대로의 계획이 있었다.

내가 방송국에 입사했던 1961년은 이승만의 12년 장기독재로 온 나라가 황폐해질 대로 황폐해져 있던 시기였다. 4·19혁명으로 들어선 민주당 정권은 뭘 해보려고 시작하다가 쿠데타 세력의 군홧발에 밀려나고 말았고 그 뒤에 들어선 박정희 군사정권 또한 여건이 녹록지는 않았다. 나는 그런 환경 속에서 대중을 상대로 한 교육 프로그램 같은 것을 만들어 보고 싶었다.

그러나 나는 중앙방송을 3개월 만에 그만두어야 했다. 방송국에서 내게 박정희 정권을 미화하는 프로그램을 만들라고 했기 때문이다. 알고 보니 나를 딱 '선전요원'으로 뽑은 거였다. 그런 걸 알고 난 이상 내가 그곳에 있어야 할 이유는 없었다. 명색이 글줄이나 읽은 자가 군사정권의 선전도구 노릇을 하는 것은 옳지 않았다. 당시 중앙방송국은 참으로 '물 좋은' 직장이었다. 한 달에 30분짜리 영상 하나를 만들어도 당시 대학교수가 받던 월급의 두 배 정도를 받았다. 그래도 그런 직장이라면 다니고 싶은 마음이 추호도 없었다.

방송국을 그만둔 데는 윗사람들도 한몫했다. 군사정권의 홍보성 프로그램을 만들라는 지시에 툴툴거리며 불평을 늘어놓는 입사 3개월 차 신입사원을 아랫사람으로 두고 싶은 사람이 어디 있겠나. 게다가 군사정권의 칼날이 서슬 푸르던 시절이니 충성을 해도 뭣할 판에 불평불만이라니. 결국 윗사람들은 불만투성이인 내게 일거리를 주지 않고 요즘 말로 나를 '왕따' 시켰다.

결국 이를 참지 못하고 사표를 던졌는데 사표는 쉽게 처리되지 않았다. 당시에는 직장을 마음대로 관두거나 이탈하는 게 금지되어 있었다. 이직

자가 늘어나면 사회가 어수선해지니까 이를 막기 위해 군사정권이 내린 조치였다고 생각된다. 그 탓에 방송국 윗사람들도 말썽꾼인 내 사표를 쉽게 처리하지 못했다.

그러거나 말거나 나는 사표를 던지고 방송국 문을 박차고 나왔다. 그리고 곧장 서울에서 멀리 떨어진 강원도로 달아났다. 그렇게 내 첫 직장생활은 3개월 만에 막을 내렸다. 나로서는 처음으로 인생의 '쓴맛'을 본 셈이다. 세상은 어지럽고, 상식이 통하지 않던 시대였다. 이럴 땐 어디 구석에 처박혀 세월을 보내는 것이 현명한 방법일 수도 있었다.

시국 사범 피신처, 도계 탄광

불과 3개월 만에 직장을 그만두고 찾아간 곳은 아버지가 운영하고 있던 강원도 삼척의 흥국탄광이었다. 그러나 그 무렵 아버지의 회사는 부도를 맞기 일보직전의 어려운 상황이었고 나는 쉴 틈도 없이 팔을 걷어붙이고 돈을 구하러 다녀야 했다. 백방으로 친구들에게 도움의 손을 내밀었는데 이때 나를 도와준 분은 백낙청 선생(서울대 명예교수)의 모친이었다. 훗날 백낙청 선생이 발행하던 〈창작과 비평〉의 운영비가 바닥날 때마다 나는 조금의 자금을 보태며 옛날 선생의 모친이 베푼 은공을 갚았다.

이렇게 해서 위기를 넘긴 흥국탄광은 1973년에 사업을 정리할 때까지 10여 년간 전성기를 누렸다. 사업이 한창 번성할 때는 개인소득세 납부액이 전국에서 열 손가락 안에 들 정도로 거부(巨富) 소리를 듣기도 했다.

그때 나는 사세에 힘입어 고작 30대의 나이에 석탄산업협동조합 이사장을 지냈다. 당시 나는 벤츠를 타고 종로1가 신신백화점 자리에 있던 중소기업중앙회에 가끔씩 친구인 여상빈을 만나러 갔다. 그는 서울사대부중·고 동기생으로 당시 중소기업중앙회 총무과 대리로 근무하고 있었다. 3층에 있던 여상빈 방에서 놀고 있노라면 당시 김봉재 중앙회 회장이 나를 만나러 일부러 올라오기도 했다. 그러면 나는 "먼저 내려가 계세요"라고 말하고는 다시 한참 동안을 여상빈과 놀다 가고는 했다.

사업이 한창 잘될 당시에는 직원이 2,000명이 넘었고 다른 곳으로도 탄광을 늘려 나가게 되었다. 탄광에서 한밑천을 잡은 아버지는 다각도로 사업을 확장해서 조선소, 해운회사, 화학공장에 30만평 규모의 목장과 대형 묘포장까지 운영했다. 조선소는 금강 하구 군산에 있었는데 1,000톤이 넘는 배를 한꺼번에 두 척이나 진수할 수 있는 초대형 규모였다. 이 기업들의 명칭 앞에는 전부 '흥국(興國)'이 붙었다. 흥국해운, 흥국화학, 흥국조선, 흥국농산 등등. '흥국'은 '현국(鉉國)이 흥(興)하라'는 뜻을 담고 있다. 즉 아들이 잘되기를 바라는 아버지의 소망이 담긴 말이었다. 나중에 알고 보니 졸지에 장남을 잃은 후 혹여 둘째인 나마저 잘못될까 봐 이름을 그리 붙인 것이었다.

내 입으로 말하기에는 멋쩍은 이야기지만 흥국탄광이 한창 잘나가던 시절에 그곳은 민주화운동 인사들의 아지트이기도 했다. 당시 시국 사건에 연루돼 쫓기던 인사들 가운데 적잖은 사람들이 이곳에서 몸을 피했다. 창구는 도계광업소 박윤배 소장과 나의 초중고 동창인 이선휘 노무과장이었다. 박 소장은 경기고 출신으로 손학규 전 의원(민주당 대표 역임), 이종찬 전 의원(국회의원 · 국정원장 역임) 등과 동문이었다. 손학규 전 의원은 본인이 직접 피신 온 적은 없지만 친구들을 여럿 이곳에 피신시켰다.

당시 수배자 도피 · 은닉죄는 엄중 처벌을 받았다. 그런 상황에서 시국사범 수배자를 숨겨준다는 것은 솔직히 쉬운 일이 아니었다. 만약 당시 시국 사범들을 숨겨준 것이 알려졌다면 중앙정보부 같은 데 끌려가 곤욕을 치렀을지도 모를 일이다. 그런 것에 대비해 나는 절대로 그들의 이름을 묻지 않았다. 내가 이름을 몰라야 끌려가도 불지 않을 거란 생각에서였다. 오는 사람들에게도 '내가 이름 불었다고 후회하고 원망할 놈은 아예 이름을 말하지 말라'고 했다. 말하자면 수배자 은닉 사실이 발각돼 공안기관의 조사를 받게 되더라도 수배자 이름이 노출되지 않도록 근원적으로 안전장치를 한 것이었다. 그리고 그중에서도 최상은 그들의 이름을 기억하지 않는 것이었다. 이름을 알고 있으면 언젠가는 불게 마련이다. 혹독한 고문이라도 당할 경우 고문을 당해낼 재간은 없었다. 그러나 아예 이름을 모르면 이름을 발설할 일이 원천적으로 차단될 것이었다.

그러나 이를 두고 나를 민주화운동 인사라고 부르는 것은 민망해서 듣고 있기가 어렵다. 나는 한 번도 시위나 집회에 나간 적이 없고 다른 사람들처럼 대의를 위해 나를 희생하며 감옥에 가거나 하지도 않았다. 그저 내가 못하는 일을 하는 사람들에게 마음의 짐을 갖고 있었고 내 선에서 할 수 있는 일들로 그들을 조금이나마 도왔을 뿐이었다. 그 시절엔 너도 나도 그렇게 서로를 보듬고 위했다. 내가 한 일은 다른 여러 사람들이 한 일들에 비하면 훌륭한 축에도 못 낀다.

회사 팔아 피해자 보상

1970년 12월 10일 오전 5시경, 강원도 삼척군 도계읍 소재 흥국탄광에서 광부 26명이 매몰되는 사고가 발생했다. 사고 발생 당일 자 〈동아일보〉(당시는 석간)에 그날의 상황이 보도되었다. 갱구에서 960미터 되는 지점의 석회암으로 된 갱벽이 갑자기 무너지자 석회암 동공에 고여 있던 자연수가 쏟아져 내리면서 갱내의 석탄과 흙이 뒤범벅돼 갱도 30미터를 메워버렸다. 이로 인해 갱도 안에서 채탄을 하던 광부 26명이 매몰됐다. 현장에서 광부 1명이 사망했고 25명에 대한 구조작업이 진행됐다. 사고현장에는 손달용 강원도경국장이 나와 구조작업을 지휘하였다. 오후 3시경 직경 3인치짜리 에어파이프를 갱 속에 연결하여 산소를 공급했으나 광부들과는 통화가 안 되는 상황이었다. 탄광사고는 이전에도 빈발했다. 흥국탄광은 물론 다른 탄광도 마찬가지였다. 하지만 이날의 사고는 그중에서도 대형 사고였다.

Dong A Ilbo 【日刊】 제15131호

東亞日報

도계炭鑛서 鑛夫26명매몰

땅속九百m坑壁무너져

屍體一具발굴

오늘새벽5時
興國鑛業斜坑

파이프連結했으나 生死不明

최고의 영양식
삼양라면
삼양 냉면

홍국탄광의 사고를 보도한 1970년 12월 10일 자 〈동아일보〉.

1964년 광산보안법이 발효된 이래 각종 광산재해는 3,600건 이상 발생하였고 722명의 사망자를 합쳐 무려 2만 5,000여명이 재해를 당했다(〈매일경제〉, 1968. 4. 27.). 사고 발생 이유는 대개 노후된 시설 때문이었다. 게다가 땅속으로 더 깊이 파고 들어가다 보니까 위험도는 갈수록 증가했다. 이에 광업계에는 산업재해보험법에 의거한 보상금과 위자료 청구소송이 갈수록 늘어났다. 1968년 기준으로 위자료 청구소송이 제기된 사례는 석탄공사가 102건, 민영광산이 52건 등 총 154건에 청구액도 2억 1,000만여 원에 달했다.

1980년대 중반까지만 해도 연탄은 서민들의 가정용 땔감이었다. 서울 시민들도 예외가 아니었다. 그러나 곧 사정이 바뀌었다. 수도가 등장하면서 물장수가 사라졌듯이 가스가 등장하면서 연탄도 자취를 감췄다. 이제 석탄을 이용하는 곳은 제철소뿐이다. 세월의 변화 속에서 탄광산업은 한물간 사업이 되어버렸지만 1960~70년대 탄광산업은 경제건설의 기간산업이자 서민들의 삶에서 매우 중요한 위치를 차지하고 있었다.

그러나 탄광에는 언제나 각종 사고가 잦았다. 그리고 그 때문에 사람들이 많이 다치고 죽었다. 모든 사고는 결국 아버지를 대신해 사실상 경영을 맡고 있던 나의 책임이었다. 그렇게 많은 사람이 상하는 일로 돈을 벌었으니… 나는 칭찬받아서는 안 되는 사람이다.

부끄러운 이야기지만 나는 탄광사고 이후 흥국탄광은 물론 용인과 양산에 있던 묘포장과 농장 등 계열사 전부를 매각해 피해자에게 보상해주고 그들의 고용 승계 문제를 해결해주었다. 나머지 계열사들은 엄밀히 따지면 법인이 달랐으며 탄광사고에 직접적으로 관련이 없었다. 그러나 그런 이치를 따지면 영영 남들에게 못 돌려주게 될 것이라는 생각에 주위의 걱정에도 불구하고 그렇게 일을 처리했다. 그렇게라도 해야 피해를 입은 사람들에게 조금이라도 사죄할 수 있다고 생각했다. 물론 그것도 내 마음 편하자고 그렇게 한 것일 뿐, 기껏 돈 몇 푼으로 어찌 그들의 상처를 완전히 낫게 할 수 있겠나. 어림없는 일이다. 그렇게 나는 탄광사업을 접었다.

효암학원과 인연을 맺다

1973년에 탄광사업을 정리한 후 나는 친구 박윤배의 요청으로 종로1가에서 홍국통상을 운영했다. 그러나 위궤양이 심해 그마저도 1979년까지 일하다가 다 넘겨주고 완전히 사업에서 손을 뗐다. 1988년에 아버지가 돌아가시고 효암학원 이사장으로 취임하기까지 근 10년 동안은 무위도식하며 지냈다. 내내 중국 관련 책만 보고 지냈을 뿐 아무 일도 하지 않았다. 내 생애에 공백으로 남아 있는 기간이다.

아버지가 개운중학교를 인수한 것은 1966년의 일이다. 개운중학교는 1953년 1월 5일에 학교법인 웅상학원으로 처음 설립 인가를 받았다(개운중학교의 전신은 1951년 9월 25일에 출발한 고등공민학교다). 이해 11월 24일, 6학급으로 개교하였고 설립자 임상수는 1964년 11월까지 11년간 교장(이사장 겸임)으로 재직했다. 이후 1976년 8월 16일, 정관 변경에 따라 효암학원으로 개칭되었다. 말하자면 우리 집안은 개운중학교 개교와는 직접 관련이 없는 셈이다.

개운중학교 설립자 임상수(작고)는 1912년 울산에서 태어났다. 일본 관서대학 전문부를 졸업하고 뜻한 바 있어 이곳(당시 지명은 '웅상'이며, 웅상학원은 여기서 따온 듯하다)에 학교를 세워 후세 교육에 나섰다.

아버지가 개운중학교를 인수한 것은 1966년으로, 초대 교장은 이종률(작고)이었다. 1905년 경북 영덕 출신의 이종률은 일제 때 항일 민족운동을 했던 사람으로 해방 후에는 정치권에서 활동하기도 했다. 또 조용수와 함께 〈민족일보〉 창간에도 주도적으로 참여하였다. 5 · 16쿠데타 직후 당시 〈민족일보〉 편집부장으로 있던 이종률은 소위 '민자통 사건'에 연루되어 군사혁명 특별재판부에서 사형 구형에 10년형을 받고 옥살이를 하다가 1965년 12월에 형집행정지로 풀려났다.

몸은 풀려났지만 박정희 군사정권하에서 빨갱이로 몰린 이종률은 일자리 찾기도 어려운 상황이었다. 그 무렵 아버지는 개운중학교와 웅상학원을 사들이고 오랜 지인인 이종률을 떠올려 1968년 3월에 이종률을 개운중학교 교장으로 초빙했으나 당국의 불허로 이종률은 교장에 취임하지 못했다. 할 수 없이 이종률 대신 그의 부인(민숙례)이 학교장을 맡았다. 하지만 학생들 졸업장에는 이종률이라는 이름이 박혔다.

개운중학교 연혁에는 공식 기록으로 나와 있지 않은 사실이 하나 있다. 지난해 '정윤회 문건'으로 논란이 됐던 정윤회의 장인이자 박근혜 대통령과도 특별한 인연이 있는 최태민이 개운중학교와 인연을 맺은 적이 있다는 사실이다.

설립자 임상수는 학교를 세울 당시 자금 사정이 어려워 고전을 면치 못하고 있었다. 이때 당시 양산에서 승려(당시 법명은 최태운) 생활을 하고 있던 최태민이 나타나 자신이 도움을 주겠다고 했는데 이 일로 나중에 교장을 맡았다는 것이다. 그래서 이 학교의 공식 초대 교장은 최태민이 되었다.

좋은 학생만큼 좋은 교사 길러야

내가 효암학원 이사장으로 취임한 이듬해인 1989년에 전국교직원노동조합(전교조)이 결성됐다. 전교조는 개혁적인 교사들의 모임으로서 고질적인 교육계 비리와 병폐 척결에 앞장섬은 물론 한국 사회의 정치, 사회 민주화에도 상당히 기여했다고 생각한다.

당시 노태우 정부는 대국민 담화를 통해 전교조가 불법단체임을 공식 선언하였다. 문교부(현 교육부)는 '불법단체'에 가입한 교사들에 대해 해직 결정을 내렸고 회의에서 초 · 중등 교사 6,165명과 대학교수 204명을 징계 대상자로 선정했다. 각 학교마다 전교조 탈퇴 강요와 함께 탈퇴 거부자들을 대상으로 해직자 명단이 통보되었다. 1990년 11월 26일에 자진 탈퇴를 거부해온 1,465명의 교사들이 1차로 해직되었다. 이들 중 116명은 파면, 970명은 해임, 379명은 직권 면직되었다. 열성 조합원들이 대거 해직된 가운데 전교조는 비합법 노동조합으로 활동하였다. 이때 해고된 교사들 중에 지금은 국회의원이 된 도종환 시인, 그리고 우석대 교수로 재직하고 있는 안도현 시인 등도 포함돼 있었다.

전교조 가입 교사에 대한 해고의 바람은 내가 이사장으로 있는 효암학원이라고 예외가 아니었다. 당국은 공립학교는 물론 사립학교에도 지침을 내려보내 전교조 가입 교사들의 해임을 강요했다. 당시 당국에서 해고 대상으로 지목한 효암학원 교사는 여태전(태봉교 교장 역임), 박계해 2명이었다. 나는 그 둘에게 이렇게 말했다.

"너희가 전교조 탈퇴서를 내면 체면이 깎일 테니까 내 마음대로 전교조 탈퇴서를 냈다고 보고할게. 그렇게 위조 탈퇴서를 보내 놓으면 이다음에 문제가 발생해도 나만 걸린다. 걱정하지 마라. 그리 알고 있어라."

당국에서 주동자 2명을 꼭 찍어 해임시키라고 압박해대니 거부할 수 없는 노릇이었다. 그렇다고 해당 교사들을 해임시킬 수도 없었다. 그래서 택한 방법이 위조 탈퇴서 제출이었다. 이렇게 되면 일단 당국과의 마찰을 피할 수 있었다. 또 만약 이 사실이 알려지더라도 해당 교사들은 탈퇴를 부인하면서 학교 측에 그 책임을 떠넘기면 도덕적으로 별로 문제될 게 없었다. 모든 책임은 학교가 지면 되는 것이었다.

그렇다고 해서 내가 전교조 가입 교사를 특히 잘 봐주거나 한 것은 아니었다. 순수하게 교사는 교사로서만 바라보고 평가했다. 개운중학교 현 교장인 박종현 선생은 전교조 조합원 출신이다. 그가 교감을 거쳐서 교장까지 될 수 있었던 이유는 간단하다. 전교조 소속이어서가 아니라 어디까지나 일을 잘해서다. 효암학원 내 전교조 조합원은 한때 50%가 넘었다. 효암고등학교의 경우, 지난해 전교조 가입 교사가 30%, 교총 가입 교사가 30%, 어디에도 가입하지 않은 교사가 30% 정도였다. 나는 학교가 자유롭게 다양성을 가져야 한다고 생각한다.

왕대밭에서 왕대가 난다고 했다. 훌륭한 부모 밑에서 훌륭한 자식이 나오는 건 당연지사다. 연장선상에서 나는 훌륭한 교사 밑에서 훌륭한 학생들이 나온다고 믿는다. 그러나 안타깝게도 일선 학교의 현실은 딴판이다. 좋은 학생을 키울 생각만 하지 좋은 교사를 키워낼 생각은 별로 하지 않는다. 인식이 부족한 탓이다. 곡식을 키우는 농부가 시원찮은데 아무리 좋은 논밭인들 제대로 된 농작물이 나올 리 없다.

선생 똥은 개도 안 먹는다는 말이 있다. 아이들 때문에 속이 다 타버렸다는 의미다. 그만큼 아이들을 위해 제 속을 다 태워버릴 수 있는 선생을 키워내는 것이 중요하다. 학교는 좋은 학생 못지않게 좋은 교사를 길러내는 곳이 되어야 한다. 그러므로 배움과 성찰에 늘 목마른 교사의 역할이 중요한데, 감히 말하자면 우리 학교의 가장 큰 자랑은 그런 교사들이다. 우리 학교에는 공부하는 교사들이 많다.

앞서 말했던 위조 탈퇴서 사건의 주인공 중 한 명인 여태전 선생은 작년부터 경남 남해에서 작은 학교 되살리는 일과 행복한 '교육마을' 만드는 일에 열정을 쏟고 있다. 그가 키운 태봉고는 독특한 교육문화와 환경을 갖고 있다. 교장실은 누구나 이용할 수 있도록 '사랑방'처럼 늘 열려 있고, 교장실로 손님이 오면 행정실 직원 대신 교장이 손수 차를 끓여 내온다. 또한 "흔히 교장, 교감은 관리자라고 말한다. 이 말부터가 문제다. 개인적으로 관리자라는 말을 싫어한다. 교사들을 독립된 인간이자 동료로 보지 않고 관리 대상으로 보는 것 아닌가." 하고 말한다. 동시에 학교는 좋은 학생만 길러내는 곳이 아니라 좋은 교사도 길러낼 수 있는 곳이어야 한다고 말한다. 교장의 중요한 역할 가운데 하나가 바로 동료 교사들이 좋은 교사가 되도록 밀어주고 이끌어주는 것이라 말하는 그는 나와 그쪽으로 공감대를 형성하고 있다.

대개의 경우 사학 비리의 원천은 특정인 일가가 재단을 장악하여 인사, 재정, 교육과정 등을 제 맘대로 운영하기 때문이다. 바로 이런 과정에서 교사 채용 비리나 부정입학 같은 게 생겨난다. 그래서 더더욱 공정한 인사, 투명한 재정관리가 필요하다. 효암학원 산하 개운중학교의 박종현 교장과 효암고등학교의 임명순 교장은 재단 이사장인 나의 인척이 아니다. 두 사람 모두 평교사에서 승진해 교장이 됐다. 또한 그들은 교장 임기를 마치면 다시 일선 교사로 돌아가 교단에 서게 된다. 약속이 지켜지고 신뢰가 바탕이 되어야 가능한 일이다. 이런 전통은 우리 학교의 공신력을 높이고 주변으로부터 좋은 평가를 이끌어내고 있다.

필요할 경우 전교조 출신 교사도 교장으로 초빙한다. 앞서 밝혔듯 나는 전교조 출신이라고 특별하게 바라보지 않는다. 오로지 학생들을 위해 훌륭한 교사를 초빙하고, 교사들에겐 자긍심과 보람을 심어준다.

흔히들 '대안학교'라 하면 일반 학교와 다른 교육과정을 가진 학교라 생각한다. 하지만 나는 교사 채용과 관리에 있어서도 그렇게 해야만 진정한 대안학교라 부를 수 있다고 생각한다. 그리고 부족하지만 효암학원의 학교를 그렇게 만들고자 노력하고 있다. 무엇보다 단순히 지식만을 전달하는 것이 아니라, 학생들이 스스로 익히고 깨치게 하는 것이 가장 중요하다고 생각하며 이 모든 것은 다름 아닌 훌륭한 교사들이 주도하고 추진해 나가야 할 부분이다. 좋은 학생 못지않게 좋은 교사를 길러내는 일이 중요한 이유다.

'불이(不二)'가 아호가 된 사연

내 또래 연배의 사람들은 더러 아호(雅號)를 갖고 있다. 친구지간이긴 해도 나이 들어서 '영철아', '경식아' 하고 이름을 부르는 것은 아무래도 좀 점잖아 보이지가 않는다. 이럴 때는 호로 부르는 게 제격이다. 보는 사람에 따라 생각이 다르겠지만 이름을 부르는 것보다 점잖고 품위가 있어 보인다.

역사적 인물들 중에는 이름보다 아호로 더 유명한 사람들이 많다. 시인 조지훈은 본명인 조동탁보다 성에 호를 붙인 조지훈으로 널리 알려져 있다. 이이 역시 본명보다는 이율곡으로 더 알려져 있으며, 퇴계 이황 역시 마찬가지다.

나에게는 '불이(不二)'라는 호가 있다. 둘이 아닌 '하나'라는 뜻이다. '신토불이(身土不二)'의 불이와 같다. 신토불이란 사람의 몸과 그가 태어난

땅은 하나라는 뜻으로, 제 땅에서 생산된 것이라야 체질에 잘 맞는다는 얘기다. 같은 식재료도 중국이나 러시아에서 키운 것보다는 우리 땅에서 난 것이 맛도 좋고 입에도 맞다. 복잡하게 생각할 것 없다. 지구 위에서 자연과 사람은 애초에 하나였다.

신토불이가 요즘 들어 현대식으로 업그레이드 된 것이 '로컬 푸드(local food)'다. 장거리 운송을 거치지 않은, 반경 50킬로미터 이내에서 생산된 지역 농산물을 말한다. 생산자와 소비자 간의 운송거리가 짧아 영양과 신선도를 최대한 유지할 수 있고, 그러다 보니 일반 음식에 비해 이산화탄소 발생량이 매우 적다는 점이 특징이다. 이와 비슷한 일본말이 '지산지소(地産地消)'다. 자기 동네에서 난 것을 자기 동네에서 소비하는 선순환 구조를 말하는데, 환경보호에도 큰 역할을 하고 있다.

불이 얘기가 나온 김에 한마디 더 보태야겠다. 불교 용어에 '원융(圓融)'이라는 말이 있다. 주로 천태종과 화엄종에서 자주 인용하는 말로, 불이(不二) 곧, 상즉(相卽)을 가리키는 말이다. 불이는 번뇌와 보리(菩提), 중생과 불, 생사와 열반은 서로 의존해서 존재하기 때문에 실체가 없는 공(空)으로 서로 다르지 않다는 의미다. 인도의 불교학자이자 승려인 용수(龍樹)가 주장한 바 있다.

인도 대승불교의 교리를 체계화하는 데 크게 기여하여 대승8종(宗)의 종조(宗祖)로 불리는 용수는 공(空) 사상을 통해 아비달마 불교 안에 있는 실체론을 비판했다. 그에 따르면 실체론자들은 열반을 번뇌가 완전히 제거된 절대적 상태로 이해하기 때문에 이들은 번뇌의 제거를 통해 열반에 들 수 있다고 주장한다. 이에 대해 용수는 제법실상(諸法實相)으로서의 공이 연기적 현상을 떠나 있지 않다고 주장함으로써 번뇌의 제거를 통한 열반의 증득을 부정한다. 이것이 번뇌와 보리, 생사와 열반이 다르지 않다는 그의 '불이론(不二論)'이다. 말하자면 불이론은 용수의 공 사상에 근거해서 성립하며 연기적 현상을 떠나 제법실상을 추구해서는 안 된다는 의미를 지닌다.

하지만 내 아호는 신토불이처럼 고상한 의미는 아니다. 외려 다분히 장난기가 섞인 말이다. 나는 어릴 때부터 잔병치레가 잦았다. 언젠가 축농증을 앓았는데 그 부작용으로 코 주변이 퉁퉁 부어오를 정도였다. 그런데 때마침 그 모습을 본 전각가 현노 최규일 선생이 마치 얼굴에 이불을 뒤집어쓴 꼴이라며, '이불'을 거꾸로 해서 '불이'라는 이름을 지어주었다.

남들은 이런 내막을 들으면 웃기에 바쁘지만 나는 이 말이 마음에 들어 스스로도 아호로 써먹고 있다. 무언가 근엄하고 깊은 뜻이 담겨 있는 말보다 오히려 이렇게 웃을 수 있는 일화로 생겨난 이름이 나는 마음에 든다. 그래서 늘 마음속에 최규일 선생에게 감사하는 마음을 갖고 있다.

서자가 서자의 고충을 안다?

세상에 알려진 내 형제는 휴전협정 체결 당시 자살한 형 하나뿐이다. 그러나 사실은 형 위로 여러 명의 형과 누나가 있었고, 거의 모두 어릴 때 병으로 세상을 떠났다. 그리고 현재 나보다 두 살 많은 누나가 생존해 있다. 이 누나까지가 바로 '어머니'한테서 태어났다. 나부터 그 아래 동생들은 이른바 서자(庶子)들이다. 요즘이야 그게 무슨 말인가 싶겠지만 내 또래 세대에서는 서자가 흔했다.

신분제도가 엄격했던 조선시대에는 적서(嫡庶) 차별이 심했다. 적자(嫡子)는 본부인이 낳은 자녀, 첩은 본부인(혹은 정실부인)을 제외한 부인을 말하는데 이 중 신분이 양인(良人) 이상인 첩은 양첩(良妾), 신분이 천인인 첩은 천첩(賤妾)이라고 불렀다. 그리고 양첩의 자식은 서자, 천첩의 자식은 얼자(孽子), 이들을 합쳐 서얼자라고 불렀다. 서자들은 집안에서 차별

대우를 받는 것은 물론이요, 사회 진출에도 제약이 많았다. 《홍길동전》에서 홍길동이 아버지를 아버지라 부르지 못하고 형을 형이라 부를 수 없었던 것이 좋은 예다.

신분제도가 사라진 지금이야 적서 차별이 없어졌지만 내 세대에게는 아직도 아물지 못한 상처처럼 드문드문 그 모습이 남아 있다.

내 생모는 경상도 일대에서 세습무(巫)로 유명한 무당 집안의 딸이었다. 그러나 나는 날 낳아준 양반을 어머니라 부르지 않고, 아버지의 본부인, 즉 큰어머니(여산 송(宋) 씨)를 어머니라고 불렀다.

당시에는 첩이 아이를 낳고 한 집에 사는 경우도 많았지만 더러 아이만 낳고 떠나는 경우도 있었다. 그럴 경우 그 아이를 키우는 것은 본부인의 몫이었다. 그러다 보니 첩의 소생들도 어릴 때는 본부인을 자신의 친모로 알고 자라기 일쑤였다. 그러다가 생모가 따로 있다는 걸 알고 방황하는 경우가 생기는데, 나 같은 경우엔 평생 나를 키워주신 분(큰어머니)이 배신감을 느낄까 봐 사실을 알게 된 후에도 계속해서 어머니라고 불렀다.

사업을 하던 아버지는 밖으로 도는 때가 많았다. 그래서인지 만나는 인연도 많았다. 솔직히 아버지의 여자가 전부 몇 명이었는지 모른다. 확실한 것은 당시만 해도 그런 일이 흔했고 경제적 여유가 있었던 아버지는 여자들에게 집을 사주거나 가게를 얻어줘 먹고살 수 있도록 해줬다. 어릴 적엔 남자가 오입을 하면 으레 그렇게 해줘야 하는 줄로 알 정도였다. 아버지의 외도 행각은 내가 결혼한 후에도 이어졌다. 다시 말해 이복동생들 가운데 내 자녀들과 비슷한 연배도 있다는 말이다. 그래서 당시 나는 내 아이들이 제 고모한테 장가들까 걱정되어 잠을 못 잘 정도였다. 오늘날 막장드라마의 단골메뉴인 얽히고설킨 인연은 사실 그때까지만 해도 가능성을 배제할 수 없는, 있을 법한 일이었다.

그런데 이런 복잡한 가정사를 갖고 있다 보니 이복형제들의 호적이 문제였다. 나는 한참 동안 이 문제를 갖고 고민하다가 결국 아버지에게 말해 이복동생들은 물론 그들의 엄마조차도 모두 아버지의 호적에 올렸다. 그래서 사실 우리 집안의 호적부는 제법 복잡하다. 마찬가지로 아버지가 돌아가시고 난 뒤 아버지의 묘비에도 그들의 이름을 전부 새겨 넣었다. 쉬운 일은 아니었지만 어쩌겠나. 아버지가 만들어놓은 현실이 그러하니. 난 그저 사실을 사실대로 인정하고 내가 할 수 있는 일을 할 뿐이었다.

오래 사귄다고 정(情) 안 깊어져

술과 벗은 오래될수록 좋다고 했다. 이 말은 동서고금을 통해 공통된 인식이 아닐까 싶다. 고향친구, 학창 시절 친구, 군대 전우, 사회에서 만난 친구 등 여러 종류의 친구가 있지만 흔히 고향친구나 학창 시절의 친구를 제일로 꼽는다. 말하자면 '묵은 친구'다. 오랜 세월 속에서 신뢰와 우애로 다져진 벗이다. 속 깊은 얘기조차도 허물없이 털어놓을 수 있는 그런 친구다.

인디언 속담에 '친구란 내 슬픔을 등에 지고 가는 자'라는 말이 있다. 고대 그리스의 시인 메난드로스는 "그 사람을 알려거든 그의 친구를 보라"고 했다. 또 고대 그리스의 철학자 아리스토텔레스는 "친구란 두 신체에 깃든 하나의 영혼이다"라고 말했다. 자신을 알아주는 친구를 하나 얻으면 그 인생은 성공한 삶이라고도 한다.

내게도 연륜만큼이나 묵은 친구가 많다. 그러나 아무리 함께 해온 세월이 중요하다고는 해도 세상사에 '반드시' 그런 것이 과연 몇이나 될까. 내가 보기에 오래 사귄다고 반드시 정(情)이 깊어지는 것은 아니다. 황혼 이혼만 봐도 그 말이 반드시 맞지는 않다는 것을 알 수 있다.

통계에 따르면 황혼이혼이 적잖다고 한다. 작년 11월 대법원이 발간한 〈2014 사법연감〉에 따르면, 지난 5년 동안 결혼생활을 20년 이상 유지해온 부부의 황혼이혼 건수는 매년 증가세를 보인 것으로 나타났다. 2009년 2만 8,261건에서 2013년 3만 2,433건으로, 4,000건 이상 증가했고, 황혼이혼이 전체 이혼에서 차지하는 비율도 2009년 22.8%에서 2013년 28.1%로 계속 증가 추세인 것으로 나타났다. 이웃 일본의 황혼이혼 문화인 '나리타공항의 이별' 사례를 답습하는 것으로 보인다. 아내가 참고 또 참다가 힘없는 남편을 응징(?)하기 위해 남편을 버리는 황혼이혼이 요즘 우리 사회에도 유행처럼 번지고 있는 것이다.

굳이 황혼이혼을 예로 들지 않더라도 사람 간의 정리(情理)는 단순히 숫자 계산으로만 따질 일이 아니다. 오래 산 부부라고 다 정이 깊은 것은 아니다. 또 오래된 고향친구, 남자들이 흔히 말하는 '불알친구'라고 해서 다 우정이 깊은 것도 아니다. 남녀가 첫눈에 반해 불길이 일 수도 있고, 낯선 사람과도 의기투합하면 수십 년 된 친구보다 더 깊은 정을 쌓기도 한다. 반면 반백 년 동안 살을 부대끼며 살아도 '손님' 같은 사람이 있다. '상식만천하 지심능기인(相識滿天下 知心能幾仁)'이라고 했다. '얼굴 알고 지내는 사람은 세상에 가득하나 내 마음을 알아주는 자 그 몇이나 되리오'

라는 말이다. 나는 이 말을 한 사람을 사귀더라도 깊이 사귀라는 뜻으로 받아들인다.

물론 내게도 오래된 친구가 많다. 하지만 사귄 지 오래되지는 않았지만 충분히 정이 깊은 친구도 없지 않다. 경기도 수원에 사는 신용승 선생이 그러하다. 우리는 지금까지 겨우 두어 번 얼굴을 봤을 뿐이다. 그러나 우리는 첫 만남에서 의기투합했고 서로를 둘도 없는 벗으로 알고 지낸다. 우리의 관계에서 보듯 좋은 벗이 되는 데 꼭 긴 세월이 필요한 것은 아닌 것 같다. 골동품은 골동품이어서 좋지만 새것은 새것이어서 좋지 않나.

내 '또 다른 영혼', 화가 이우환

2014년 11월 서울대는 '제20회 자랑스러운 서울대인'으로 화가 이우환을 선정, 발표했다. 그는 국제적으로 명성 있는 화가지만 일반인들에게는 조금 낯설다. 아마도 오랫동안 해외에 거주하고 있었던 탓일 게다. 이우환은 서울대 56학번으로 회화과에 입학해 2개월 반 정도 다니다가 일본으로 건너갔다. 작년 11월 한 신문과의 인터뷰에서 그가 밝힌 바에 따르면, 당시 신문기자였던 부친의 심부름으로 도쿄에 있는 삼촌에게 약을 전해주러 갔다가 무작정 그곳에 눌러앉게 되었다고 한다.

1991년 '자랑스러운 서울대인' 상이 제정된 이래 예술가가 단독으로, 게다가 서울대를 중퇴한 인물이 상을 받은 것은 이우환이 처음이다. 그래서인지 그는 "나는 부적격자다"라며 자신이 받을 상이 아니라고 너스레를 떨었다고 한다. 안 그래도 선정 과정에 상당한 논란도 있었다고 들었지만, 결론적으로 심사위원들은 '잘난 사람'보다는 '된 사람', '든 사람'으로 '자랑스럽다'는 개념을 재정립했다고 한다. 겉으로 요란스레 소문난 사람보다는 '인품이 괜찮은 사람'을 주목했다는 의미인 것 같아 다행이라고 생각한다.

이우환은 원래 문학을 하고 싶어 했다. 고교 2학년 때 조선일보 신춘문예 동시 부문에 가작으로 당선되기도 했으며, 신문에 투고한 시가 지면에 두 번 실리기도 했다. 그러나 성적이 모자라 문리대에는 가지 못하고 미대에 입학하게 됐다고 그에게서 들었다. 불과 2개월 반 다닌 것이 서울대와의 인연인데도 이우환은 서울대에서 얻은 자산은 나를 포함한 '사람'이라고 한다. 나로선 매우 고마운 일이다, 물론 나도 그를 내 둘도 없는 친구로 생각한다.

서울대 미대를 중퇴하고 일본으로 건너간 이우환은 니혼대(日本大) 철학과를 졸업한 후 1960년대 말 일본의 진보적 미술운동인 '모노하(物波)'를 주도했다. 특히 일본 다마미술대 입시문제 출제에 참여하여 '손과 연필과 종이의 관계를 표현해보시오'라는 문제로 일본의 미술입시에 큰 영향을 줬다고 한다. 당시 이우환은 미술은 단순히 데생이 아니라 머리와 손을 함께 써야 하는 예술이란 뜻을 담아 이 문제를 냈다고 한다. 그 바탕에 그의 철학 공부가 배경이 되었음은 두말할 나위 없다.

한국 미술교육의 문제점을 묻는 질문에 이우환은 "오늘날 예술가는 먼저 지식인이 되어야 한다. 인문학적인 교양을 쌓고 어학 교육을 많이 받아서 내외적인 통풍이 되도록 해야 한다"고 강조했다. 맞는 말이다. 미술에도 철학이 있어야 한다. 철학적이지 못한 미술가는 그림쟁이, 옛말로 환쟁이일 따름이다. 미학(美學)을 미술이 아닌 철학의 한 장르로 분류하는 것도 바로 이 때문일 것이다.

최근 그의 1976년 회화작품 〈선으로부터〉가 미국 뉴욕 소더비 경매에서 216만 5,000달러, 우리 돈으로 약 23억 7,000만 원에 팔렸다. 그간 뉴욕 경매시장에서 거래된 그의 작품 가운데 최고가였다.

그런데 호사다마라고나 할까? 지난 2010년부터 대구시와 함께 추진해 온 '이우환과 그 친구들 미술관' 사업이 중단되면서 요즘 이우환은 실망감을 감추지 못하고 있다. 작년 6 · 4지방선거에서 대구시장이 교체되어 사업이 원점에서 재검토되더니 결국 좌절되고 만 것이다. 이 과정에서 이우환을 두고 온갖 억측과 비방도 난무해 그의 명예에도 적잖은 상처가 났다. 이를 참다못한 그가 "사회문제에 내 이름이 오르내리는 것 자체가 괴롭고 부끄럽다"며 스스로 미술관 건립을 거부하기에 이르렀다. 그는 2011년 뉴욕 구겐하임미술관 회고전, 2014년 프랑스 베르사유궁(宮) 개인전 등을 통해 여전히 왕성한 활동을 펼치고 있다. 머리칼만 희었을 뿐 누가 그를 팔순 노인이라고 하겠는가.

내가 읽고 마음에 담은 문인들

권정생(1937~2007)은 아동문학가다. 그는 내가 평생 읽은 많은 글 가운데 유일하게 '독'이 없는 글을 쓴 사람이다. 1937년 일본 도쿄의 빈민가에서 태어난 권정생은 광복 이듬해 외가가 있는 경북 청송으로 귀국했다. 그러나 가난 때문에 가족들과 헤어져야 했으며, 어려서부터 나무장수, 고구마장수, 담배장수, 가게 점원 등 온갖 일을 하면서 어렵게 생활했다. 그때 그렇게 어렵게 살았기 때문인지 결핵과 늑막염 등 각종 병을 얻어 평생 병고에 시달렸다. 1967년에 경북 안동시 일직면 조탑동에 정착한 후로는 교회 문간방에서 살며 종지기 노릇을 하였다.

권정생은 1969년 단편동화 《강아지 똥》을 발표하면서 동화작가로 데뷔하였으며, 1973년 〈조선일보〉 신춘문예 동화 부문에 〈무명저고리와 엄마〉가 당선돼 문단에 나왔다. 1984년부터 교회 뒤편 '빌뱅이 언덕' 밑에 작은 흙집을 짓고서 작품 활동을 하였는데, 베스트셀러 작가가 된 뒤에도 그런 검소한 생활을 유지하였다. 그는 자신의 사후에 인세 수익 전부를 어린이들에게 되돌려주라는 유언을 남겼고 2009년 3월, 그의 유산과 인세를 기금으로 하여 남북한과 분쟁 지역 어린이들을 돕기 위한 '권정생어린이문화재단'이 설립되었다.

그의 작품에는 자연과 생명, 어린이, 이웃, 북녘 형제에 대한 사랑을 주제로 깜둥바가지, 벙어리, 바보, 거지, 장애인, 외로운 노인, 시궁창에 떨어져 썩어가는 똘배, 강아지 똥 등이 주인공으로 등장한다. 하나같이 힘없고 약한 존재들이자 나를 죽여서 남을 살려내는 인물들이다. 사람들은 그의 삶과 작품이 예수 그리스도에 대한 믿음을 바탕으로 한다고 평가한다. 나도 그 평가에 동의하며 이런 점이 내가 그의 글을 '독이 없는 글'이라고 표현하는 이유다.

소설가 박완서(1931~2011)는 경기도 개풍에서 출생하여 조부모와 숙부모 밑에서 어린 시절을 보냈다. 결혼 후 가정주부로 살다가 1970년 마흔이 되던 해에 〈여성동아〉 여류 장편소설 공모에 〈나목〉이 당선돼 등단하였다. 이후 6 · 25전쟁과 분단 문제, 물질중심주의 풍조와 여성 억압에 대한 현실 비판을 사회현상과 연관해서 작품화한 작가로 평가받고 있다. 그는 치밀한 심리묘사와 능청스러운 익살로 유명했으며 삶에 대한 애착, 핏줄에 대한 애정 등을 세밀한 필치로 그려내어 1980년대 중반 이후 여성문학의 대표적 작가로 주목받았다.

'한국문학 전도사'로 불리는 엘렌 르브룅(여 · 81)은 박완서의 《그 많던

싱아는 누가 다 먹었을까》를 프랑스어로 번역해 지난해 제22회 대산문학상 번역 부문 수상자로 뽑혔다. 그는 박완서에 대해 "유머가 대단하다. 동시대를 예리하게 지적한 작가다"라고 평했다.

박완서는 1988년 남편과 아들을 연이어 사별한 후 신앙생활에 몰두하였다. 사람들은 박완서를 서민적이면서도 따뜻한 영혼의 소유자로 기억하고 있다. 개인적으로는 좀 재미가 없었지만 그는 분명 정직한 작가였다.

또한 '시대의 반항아'요, 진정한 자유인인 김수영을 빼놓을 수 없다. '한국 문단의 이단아'로 불리는 김수영(1921~1968)은 숱한 기행(奇行)과 화제를 남긴 인물이다. 우선 삶 자체가 한 편의 드라마다. 서울서 출생한 그는 선린상고 졸업 후 일본으로 건너가 동경대 상대에 진학하나 일제 학도병 징집을 피해 1943년 귀국한다. 이듬해 만주 길림성으로 이주하여 교사 노릇을 하다가 해방이 되자 귀국하여 통역 일을 하였다. 이때부터 김경린 · 박인환 등과 어울리며 시작(詩作) 활동을 하면서 모더니스트로 주목 받았다. 한국전쟁 때는 피난을 가지 못하고 인민군 포로가 돼 거제도수용소에 한동안 수용되기도 했다. 1954년 환도 후 몇몇 매체에서 잠시 근무하다가 이듬해부터 자택에서 양계를 하며 문필 활동에 전념했다.

1960년 이승만 독재에 항거해 4 · 19혁명이 일어나자 김수영은 본격적으로 현실 참여시를 발표하기 시작했다. 〈육법전서(六法全書)와 혁명〉, 〈푸른 하늘을〉 등을 통해 민주주의와 자유에 대한 열망을 드러냈다. 하지만 이듬해 5 · 16쿠데타가 발생하자 깊은 절망감에 빠졌고 그 이후 역사에 관심을 갖고 〈거대한 뿌리〉, 〈현대식 교량〉, 〈사랑의 변주곡〉 등을 썼다. 〈거

대한 뿌리〉는 1970년대 민중시를 선도한 〈풀〉과 함께 그의 대표작으로 꼽힌다. 〈거대한 뿌리〉에서 그는 근대화의 상징물인 제3인도교 철근기둥을 '좀벌레의 솜털'에 불과하다고 일갈했다. 〈풀〉은 독재 권력의 탄압 속에서도 결코 죽지 않고 일어서는 민중의 생명력을 상징한다. 혹자는 바람보다 먼저 눕는 게 풀이라고도 했지만 말이다.

추억의 '인사동 사람들'

2006년 2월, 서울 종로구 가회동 북촌미술관에서 작은 모임이 하나 열렸다. '인사동을 사랑하는 사람들' 주최로 열린 이날 모임은 인사동을 유달리 사랑한 작고 문인 민병산(철학자 · 수필가), 박이엽(방송작가), 천상병(시인)을 추모하는 자리였다. 행사는 고인들에 대한 회고담과 시 낭송, 음악과 춤 공연 등으로 진행됐다. 이날 추모행사에는 나를 비롯해 천상병 시인의 부인 목순옥 씨(작고)와 박이엽(본명 박은국) 선생의 부인 정인임 씨, 민병산 선생의 조카 등 유족과 신경림, 백낙청, 구중서, 황명걸, 민영, 정진규, 반야월, 윤익삼 등 200여 명의 문화예술인들이 대거 참석했다. 이들이 바로 인사동을 개척한 주인공들이었다.

고 민병산(閔丙山) 선생이 그 모임의 중심인물이었다. 그는 작고할 때까지 일정한 거처 없이 독신으로 지낸 독특한 이력의 문인이다. 과묵한

편이었으나 술과 대화를 즐겼고, 그래서 그의 주변에는 늘 젊은 시인들이 모여들었다. 정진규 시인은 민병산 선생과 술자리에 앉으면 늘 동양철학과 문학에 대한 고급스러운 이야기를 들을 수 있었다고 회고한다. 민영, 신경림, 황명걸 등이 그의 곁을 지키며 함께 어울렸다. 민영 시인은 "인사동은 이들 문학인들이 모여든 것을 계기로 전통과 문화적 유목민들의 창의적 사고가 접목된 거리로 변했다." "이는 이 거리를 한없이 사랑하다가 떠난 그분들의 정신에서 유래한 것이라고 믿기에 추모한다"고 말했다.

'인사동 사람들'이 즐겨 찾던 단골집이 하나 있었다. 안동국시집(정확한 상호는 '누님손국수다')이었다. 인사동 터줏대감 천상병 시인을 비롯해 나와 박재삼, 김재섭, 민병산, 박이엽 선생 등이 자주 들렀다. 손으로 민 면발이 어찌나 가는지 마치 실처럼 가늘어서 국물과 함께 그릇에 담겨 나오면 면발이 그릇 속에서 하늘하늘 춤을 출 정도였다. 면을 건져먹고 나면 콩가루 냄새가 아삼아삼한 국물에 조밥을 풍덩 넣어 국수 먹듯 훌훌 먹었다. 이 집에는 다른 음식이 없고 달랑 그거 하나만 팔았기 때문에 가서 앉으면 끝이었다. 따로 주문을 하거나 뭘 달라 마라 할 필요가 없어서 손님이나 주인이나 조용했다.

요즘 우리가 말하는 '인사동'은 종로구 행정구역상의 인사동과는 의미가 조금 다르다. 범위가 더 넓다는 얘기다. 즉 고유의 인사동을 비롯해 종로2가, 공평동, 경운동, 관훈동, 낙원동, 안국동 등을 포함해 통칭 '인사동'이라고 부른다. 따지고 보면 이 동네들은 인사동을 에워싸고 있다. 따라서 상권이나 문화권에서 같은 범주라고 봐도 크게 무리가 없다. '인사동 사람들'에는 백낙청도 포함되는데 1960년대 중반 운니동 운당여관 인근에 그의 신혼집이 있었다.

문화예술계 인사들이 인사동으로 모여든 것은 1960년대 중반 이후부터다. 일제 강점기와 한국전쟁 직후까지만 해도 문화인들의 주 무대는 서울 명동과 충무로 일대였다. 당시 명동의 명소는 서양 클래식 레코드판을 틀어주는 '돌체'라는 다방이었다. 이어령, 유종호, 신경림 등 문인들이 잘 가던 '엠프리스'라는 다방 겸 술집도 유명했다. 외국인 관광객들의 쇼핑거리로 변한 지금의 명동과는 확연히 다른 분위기였던 걸로 기억한다. 돌체 패거리들은 커피, 음악, 술, 바둑 등을 즐기며 각별한 교분을 쌓았다. 당시 나는 시인묵객들과 어울려 한량(閑良)으로 살았다. 나를 잘 아는 한 인사는 당시의 내가 "작달막한 키에 머리를 길게 기른 채 특이한 행색을 하고 다녔다"고 말한다.

1960년대 중반 들어 명동이 유흥가, 상업지구로 개발되면서 우리는 종로구 청진동, 관철동 일대로 옮겨왔다. 문인들의 사랑방이었던 출판사들이 하나둘 분산되자 결국 인사동을 그 터전으로 삼게 된 것이었다. 명동 돌체 출신 가운데 나, 신경림, 황명걸, 천상병, 박이엽 등 대여섯 명이 자연스럽게 '인사동 사람들'로 재편성(?)됐다. 여기에 청구자(靑丘子) 민병산, 이문학회를 이끈 노촌 이구영(작고)이 합류하면서 더욱 철학적 깊이가 보태졌다. 내 친구이자 사돈인 임재경은 당시의 인사동을 이렇게 기억한다.

"본격적으로 출입한 초기(1960년대)의 인사동은 그 한가운데가 아니라 그 주변부인 낙원상가 건립 이전의 판잣집촌 험한 곳이었다. 술값이 쌀 뿐 아니라 통금이 엄한 시절에 밤새 퍼마실 수 있고 시중드는 여인들을 쉽게 조달할 수 있었다. 〈조선일보〉 선배 기자인 남재희(전 국회의원), 손세일(전 국회의원)과 셋이 밤새껏 마시다 주량이 약한 손세일이 먼저 곯아떨어지자 둘은 그의 귀두에 불침을 놓는 장난을 서슴지 않았다. 거기서 동쪽으로 100미터쯤 가면 세칭 '종삼'(당시 서울의 대표적 사창가)으로 이어지는 점이 낙원동의 매력인데 이 험한 동네는 낙원상가 주변의 개천이 복개되면서 사창가가 지금의 피카디리극장 북쪽으로 축소되자 매력도 반감되었다고 보면 어떨지 모르겠다."

– 조문호, 《인사동 이야기》 중에서

1974년 미국 하버드대에서 박사학위를 받고 돌아온 백낙청은 현 연합뉴스 입구 인근 수송동에 〈창작과 비평〉 사무실을 차렸다. 당시의 인사동은 인사동 서쪽, 현 교보빌딩 뒤편을 중심으로 종로1가, 청진동, 그리고 청계천 건너 무교동, 다동 일대까지를 말한다. 청진동에는 동아투위 사무실과 소설가 천승세가 경영하던 일석기원이 있었고, 나와 박윤배가 경영하던 무역회사 홍국통상도 인근 종로1가에 있었다. 당시 이곳은 반체제 인사들의 아지트라고 해도 과언이 아니었다. 또한 관철동 한국기원에도 문인들이 자주 모였다. 임재경은 "출석 성적으로 하면 민병산 개근상, 황명걸 정근상감이다"라 했다. 박정희 유신체제와 뒤이은 조선-동아일보 해직 사태로 길거리에 나온 인사들이 들끓던 때였다.

이 일대에서 술판이라도 벌어지는 날이면 문인과 해직언론인은 물론이요, 인권변호사 강신옥, 홍성우, 조준희 등 '몰지각한 지식인'(유신체제를 반대하는 지식인을 깎아내리려는 의도로 박정희 전 대통령이 붙인 표현이다)들이 대거 어울렸다. 이는 김지하, 리영희, 경제학자 박현채 등의 '옥바라지'가 몰고 온 하나의 변화였다. 옥바라지란 구속자 석방 탄원서 만들어 돌리기, '비둘기 날리기'라는 이름의 옥중서신 보내기, 병동(病棟) 옮기기, 재판 때마다 방청인 모으기 등을 일컫는다. 구속자 가족은 물론 재야의 동지들이 이런 일을 맡아서 처리하곤 했다. 힘은 들지만 빛이 나지 않는 궂은일이었다.

임재경은 이 궂은일에 앞장선 사람으로 김정남(김영삼 정부 시절 청와대 교육문화수석 역임)과 건축가 조건영을 꼽았다. 김정남은 투옥되는 사람들에게 변호인을 붙이고 구속자 연루자들의 은신처를 마련하는 한편 도피자금을 제공하는 등 뒷바라지를 마다하지 않았다. 또 조건영은 미술가, 문인, 해직언론인, 반체제 지식인 운동가들을 두루 연결시켜 주었으며, 모임이 끝나면 으레 술값을 내곤 했다. 12 · 12쿠데타 직후 김태홍(기자협회장 · 국회의원 역임, 작고)의 피신을 도운 혐의로 남영동 대공분실에 끌려가 '고문왕' 이근안으로부터 참혹한 고문을 당하기도 했다.

이렇듯 인사동은 내가 귀한 인연들을 많이 만난 곳이다. 비록 세월이 지남에 따라 거리의 모습도 달라지고, 젊은 시절 패기 넘치던 우리들도 백발이 성성한 볼품없는 늙은이들이 돼버렸지만 아직도 그때 그 자리에서 우리가 나누었던 이야기와 유쾌한 일화들은 머릿속에 선명하다. 돌아갈 수는 없으되 그리운 그 풍경. 인사동 사람들과 술 한잔 하고픈 날이다.

사돈이자 친구, 임재경

여러 벗들 가운데서도 임재경 전 한겨레신문사 부사장과의 인연은 각별하다. 사사롭게는 사돈지간이다. 내 막내아들과 그의 딸이 부부의 연을 맺었다. 우리 둘은 이를 두고 근친상간이라 한다. 젊은 시절부터 긴 세월을 같이 지내온 우리는 예나 지금이나 별반 다를 게 없다. 어떤 때는 대화 도중에 서로 이 새끼, 저 새끼 하면서 간간이 욕설을 섞는 경우도 있다 보니 아들 부부 내외나 안사돈과 함께 하는 자리에서는 가급적 서로 만남을 피하려고 한다. 나조차도 기억이 안 나는 내 일들을 오히려 그가 더 정확히 기억하고 있을 정도니 더 말해 무엇할까.

임재경과 나와의 인연은 내가 아버지를 대신해 연탄공장을 떠맡았을 때로 거슬러 올라간다. 군산고를 졸업한 임재경은 서울대 진학을 위해 서울에서 학원을 다니고 있었다. 당시 그가 다니던 학원 옆에 아버지의 연탄공장이 있었고, 나는 당시 공장 직원들과 땅굴을 파서 지내고 있었다. 그 무렵에 그와 처음 만났으며, 이후 대학에서 재회했다. 나이는 내가 한 살 위였지만 학년은 임재경이 한 학년 위였다.

영문과를 나온 임재경은 프랑스 문학에 심취한 소위 '데카당 문청'이었다. 책 읽기보다 서양 고전음악과 프랑스 영화, 샹송을 좋아했다. 그래서 본인은 애초 불문과에 가려고 했으나 모친이 "거기(불문과) 가면 취직도 안 되고 출세도 못하고 밥 못 먹는다"고 해서 할 수 없이 영문과로 진학했다고 한다.

임재경은 5 · 16쿠데타가 일어난 1961년 봄 〈조선일보〉 견습기자 3기로 언론계에 입문했다. 1980년 7월에는 신군부가 날조한 이른바 '김대중 내란음모 사건'의 과도내각 명단에 '경제 담당'으로 이름이 올라 곤욕을 치르기도 했다. 이 일로 〈한국일보〉 논설위원직에서 파면당한 후 햇수로 무려 8년 동안 '취업불가' 딱지가 붙어 낭인생활을 했다. 남편이 실직자가 되자 할 수 없이 부인이 미장원을 하며 생계를 꾸렸는데 그는 이 시간을 두고 "더러운 세월을 보냈다"고 표현한다. 그러다가 1988년 5월 〈한겨레〉가 창간되자 편집인을 맡아 근무하기 시작했고 이후 부사장을 역임한 후 언론계에서 은퇴했다. 현역 시절에는 경제기자로 이름을 날렸고, 죽 한눈팔지 않고 언론 외길을 걸은 친구다.

어느 자리에선가 임재경은 대표적인 오랜 친구로 리영희, 남재희, 백낙청 세 사람을 들었다. 셋 가운데서 가장 일찍 사귄 사람은 백낙청이고, 그보다 조금 뒤인 1960년대 초에 나머지 두 사람을 〈조선일보〉에서 만났다.

그에게 백낙청을 소개한 사람은 백낙청의 서울 재동초등학교 시절의 동무인 김상기(재미 철학자)였다. 김상기는 일본말로 된 책을 술술 읽을 수 있는 대단한 독서가였으며 뛰어난 친화력과 화술에다가 근면 · 성실 · 청결한 몸가짐으로 정평이 나 있었다. 또한 정치와 사회를 보는 시각 또한 매우 진보적이어서 임재경은 그런 김상기에게 마음이 끌렸다고 한다.

〈조선일보〉 기자 시절 임재경은 사내에서 '비주류'로 분류되는 리영희, 남재희 선생과 가까이 지내며 자주 어울렸다. 임재경보다 리영희 선생은 일곱 살, 남재희 선생은 세 살 위였다. 임재경은 두 사람 다 술을 좋아했지만 문청(文靑)인 자신과는 스타일이 달랐다고 회고한다. 독서 경향 역시 마찬가지였다. 또 사회정의에 민감한 체질, 앞서 가는 시대감각, 뛰어난 필력이 두 사람의 공통점이었고 영어를 잘한 것도 커다란 매력으로 다가왔다고 한다. 나중에 내가 임재경과 인연이 닿은 후로는 넷이서 만나는 경우도 잦았다. 나는 리영희 선생에게 선생님, 선생님 하다가도 술이 취하면 욕을 하곤 했다. 나는 그가 똑똑해서가 아니라 순박하고 정이 많아서 그를 많이 좋아했다.

'낭만주먹' 방배추와 협객 박윤배

내게는 딸이 둘 있는데 작은딸이 2005년 늦가을에 결혼식을 올렸다. 결혼식장은 수운회관 건너편에 있는 운현궁이었다. 결혼식은 노락당 안마당에서 전통혼례로 치러졌는데 그야말로 동네 잔칫날이었다. 모처럼 '인사동 사람들'도 대거 운집했다. 언론인 리영희, 임재경, 이계익, 문인 황명걸, 이호철, 남정현, 구중서, 화가 주재환, 김용태, 정치인 이부영, 유인태, 김태홍, 유홍준, 그리고 '낭만주먹'으로 불리는 '방배추' 등이 얼굴을 드러냈다.

결혼식이 파하자 우리는 피로연장인 인근 다래옥 2층 한식집으로 자리를 옮겼다. 그날 좌중에서 주목을 끈 사람은 단연 며칠 전에 취직을 했다는 '방배추'였다. 당시 71세인 그가 취직을 했다니 뉴스거리가 되고도 남았다. 친분이 있던 당시 유홍준 문화재청장이 '경복궁 관람질서 지도위원'

으로 일자리를 마련해준 것이었다. 그런데 이 소식이 〈중앙일보〉에 보도되면서 사람들의 관심을 불러 모으게 됐다. 기사에서 방배추를 '협객', '조선 3대 구라', '시라소니 후 최고 주먹' 등으로 포장했던 것이다.(방배추는 2006년 3월부터 〈중앙일보〉 '남기고 싶은 이야기들' 코너에 자신의 삶을 연재했다.)

방배추의 본명은 방동규다. 별명이자 아호인 '배추'는 6·25연합학교 시절 베잠방이 차림새가 배추장수 같다고 해서 붙여졌는데 그 이후로 그는 주변 사람들에게 방배추로 통했다. 올해 80세인 방배추는 이 바닥에서 전설적인 인물로 통한다. 그는 〈중앙일보〉와의 인터뷰에서 "기인, 주먹, 낭인(浪人)… 뭐라고 불러도 상관없어. 사실 나는 시골 머슴, 패션디자이너에서 승려, 공장장, CEO까지 안 해본 게 없잖아. 서독 광부생활과 중동 근무도 해봤고, 1960년대 프랑스 유랑 시절에는 외국 건달과 꽤나 시끄러운 싸움판도 벌여봤어. 그리고 집시까지 해봤으니 원, 이게 낭만인생인지 뭔지…"라고 자신을 소개했다.

분명 예사롭지 않은 풍운아임에는 분명하다. 김태홍은 그를 두고 "주먹, 그 이상이죠. 주위에 북적대는 사람을 보세요. 흉내 못 낼 발상과 언행, 끈끈한 의리 때문이 아닐까요?"라고 표현했으며, 소설가 황석영은 "그의 파란만장한 삶은 현대사의 압축이다"라고 평했다. 그밖에 방배추는 백기완과 매우 친밀한 사이이다. 항간에서는 그를 두고 백기완의 '꼬붕'이라고 표현하는데 그런 말이 나올 만큼 그 둘의 사이가 각별한 것으로 알고 있다.

그날 피로연장에는 리영희 선생도 참석했다. 리영희 선생은 평안도 기질에다 장교 출신으로 젊어서는 주먹도 제법 썼다고 한다. 한번은 리영희 선생이 소설가 박태순의 술주정을 혼내준 적도 있다. 대구 영남대 교수로 간 문학평론가 염무웅은 상경할 때마다 친구들을 불러 술판을 벌이곤 했는데, 어느 해 술자리에서 작고한 이수인 교수가 박인환 시인의 시를 노래로 옮긴 〈목마와 숙녀〉를 불렀다. 그러자 박태순이 노래가 너무 감상적이라며 대뜸 선배인 이수인의 따귀를 때렸다. 이 광경을 목도한 리영희 선생이 돌연 자리에서 뛰쳐나와 박태순의 따귀를 올려붙였다.

이렇듯 의협심이 남달랐던 리영희 선생은 방배추와 배포가 맞았다. 리영희 선생이 피로연장에서 방배추와 마주치자 "한판 붙을까?"라며 방배추에게 장난삼아 주먹을 쥐어보였고 방배추는 "아이고! 저야 뭐, 몸이 약해서요"라며 엄살을 부렸다. 둘은 그 정도로 친한 사이였다.

어느 해였는지 정확히 기억은 나지 않지만 여러 명의 친구들과 리영희 선생 집에 놀러간 적이 있다. 일행 중에는 박윤배, 김이준, 황명걸 등 여러 명이 더 있었는데 어떻게 어울렸는지 방배추도 그 자리에 동석했다. 그런데 왠지 좌중의 분위기가 묘하게 돌아갔다. 이른바 당대의 주먹꾼들이라는 소리를 듣는 이들이 다 모이니 팽팽한 긴장감이 감돌았던 것이다. 방배추는 이미 '주먹'으로 소문나 있었고, 박윤배는 경기고에서 가장 센 주먹으로 통했다.

그러나 좌중의 기대와 달리 이날 방배추와 박윤배 사이에 '한판'은 일어나지 않았다. 당시 홍국탄광의 현장소장으로 있던 박윤배가 직원들 앞에서 체통을 세우는 일에 방배추의 도움을 받은 적이 있기 때문이다. 말하자면 그 일로 둘은 이미 주먹 서열이 정리가 된 상태였다.

1965~66년경 홍국탄광에 입사한 박윤배는 행동대장 역할을 했다. 당시의 탄광은 거의 무법천지라고 해도 지나치지 않을 정도로 법보다 주먹이 가까운 세계였다. 거칠게 말하자면 탄광은 조폭사업이다. 광부의 85%가 전과자였기 때문에 경영자 입장에서는 광부들을 통솔하기 위해 박윤배 같은 주먹이 필요했다. 박윤배는 그곳에서 돈을 벌어주는 주역이었다. 그는 내가 탄광사업을 접고 종로에서 홍국통상을 운영할 때도 나를 도와줬을 정도로 나의 사업에서 빠질 수 없는 사람이다. 그는 주먹이면서도 독서를 즐겨 하였고 당대의 지성 백낙청과도 허물없이 지냈다. 작가 황석영도 그런 박윤배를 제법 좋게 평가할 정도였다.

하지만 박윤배는 1988년 간암으로 이미 오래전에 다른 세상 사람이 됐고 그렇게 당대의 주먹 중 지금은 '낭만주먹' 방배추만 홀로 남았다.

나의 벗들

60년대 이후 나는 서울과 삼척, 양산을 오가며 바쁜 시간을 보냈다. 주 무대인 삼척군 도계뿐만 아니라 서울에도 자주 들렀다. 당시 내가 서울에서 자주 어울렸던 사람 가운데 하나는 백낙청이었다. 앞서 밝힌 바 있듯이 그의 집안과는 교류가 깊다. 1962년 아버지를 돕고자 도계에 가보니 회사는 부도 직전이었고 일단 급한 불은 꺼야 했기에 여기저기에 도움을 요청했다. 자칫하면 아버지가 감옥에 갈 수도 있는 상황이라 높은 이자를 내고서라도 돈을 융통해야 할 처지였다. 그러나 상황은 여의치 않았고 어렵게 백낙청의 모친에게 부탁을 드렸는데, 그분은 아무런 조건도 이자도 없이 집안에서 경영하던 병원의 자금을 빌려주었다. 나는 그 은혜를 잊지 못하고 있다가 나중에 그의 아들 백낙청에게 갚았다.

미국 유학을 마치고 돌아와 서울대 영문과 교수로 있던 백낙청이 1966

년 1월 〈창작과 비평〉을 창간했다. 계간 문예지 및 사회비평 전문잡지로 출발한 〈창작과 비평〉은 당시 큰 주목을 받았다. 창간호부터 가로쓰기를 비롯하여 순 한글 찾아 쓰기를 시도해 젊은 독자들로부터 큰 인기를 얻었다. 사진 · 삽화를 일절 사용하지 않아 고급 잡지의 면모를 풍겼으며, 파격적인 신인 등용과 문제의식을 지닌 필진 발굴에도 힘을 쏟았다. 내로라하는 작가인 방영웅, 황석영, 이문구 등이 다 이 지면을 통해 문제작들을 발표하며 화제를 불러일으켰다.

백낙청이 미국에 유학을 간 사이 〈창작과 비평〉은 발행을 맡았던 신동문(시인, 신구문화사 상무 역임, 작고)이 꾸렸는데 재정 형편이 여의치가 않았다. 원고료를 조달할 방법이 막막해지자 편집책임자 염무웅은 자주 나를 찾아와 급한 불을 껐다. 백낙청 모친의 은혜를 내가 잊을 수 없기 때문이었다.

나는 친구 사귀는 것을 매우 좋아한다. 기본적으로 사람을 좋아하는 탓이다. 다행히 당시까지만 해도 아버지의 사업 덕에 내 호주머니 사정은 다른 사람에 비해 넉넉한 편이었고 자연스럽게 그들에게 술을 살 기회가 많았다. 타과생인 불문과 황명걸이나 동국대생인 신경림과 친구가 된 것도 그런 연유에서였다. 6 · 25 때 피난처인 대구에서는 타 학교생들로 구성된 연합학교 출신들과도 잘 어울렸다. 경기고 출신의 백낙청 · 박윤배 · 이종찬(국회의원 · 국정원장 역임) 등은 바로 이때 만난 인연들이다.

사실 돈이 많다고 해도 술자리마다 술값을 낸다는 게 쉬운 일은 아니었다. 어떤 이는 내가 사람을 포섭하기 위해 물량공세를 폈다고 흉을 보기도 했다던데, 보기에 따라서는 그럴 수도 있었겠다. 하지만 나는 결코 돈 자랑을 한다거나 위세를 부리기 위해 내 지갑을 열지 않았다. 그리고 막말로 내게 도움을 받은 사람들이 그 뒤에 내 '꼬붕' 노릇을 했냐고 묻는다면 그런 사람은 한 명도 없다고 단언할 수 있다.

그저 나는 친구들이 좋아서, 사람 만나는 것이 좋아서 마음이 가는 대로 했을 따름이었다. 그래서 나는 누군가가 내게 도움을 받았다고 하면 손사래를 친다. 난 누군가를 도운 적이 없다. 도움이란 남의 일을 할 때 쓰는 말이다. 난 그저 내 몫의, 내 일을 했다. 설령 다른 사람이 그렇게 생각한다 해도 나까지 그렇게 생각하면 안 될 일이다. 왜냐하면 그건 내가 썩는 길이기 때문이다. 내 일인데 남을 위해 했다고 하면 위선이 된다. 그래서 난 신문과 인터뷰하면서도 절대로 자선사업가니 독지가니 하는 표현은 쓰지 말 것을 약속하고 인터뷰에 응한다.

그래도 이런 성격이 남들 눈에는 좀 별나게도 비치는 모양이다. 구중서는 한 글에서 이런 말을 했다.

"어떤 친구가 빙판에서 넘어져 팔꿈치에 물집이 생기고 쉽게 낫지 않으면 팔을 끌고 저 장위동 넘어가는 고갯마루 한의원에 가서 한약을 지어준다. 그 약을 달여 먹으면 이상하게 쾌유가 된다. 채현국의 모친 별세 때는 조의금 들어온 데서 상당액을 가지고 나와 인사동의 하가 맥줏집에 맡긴다. 누구누구, 글 쓰는 친구가 오면 술을 주라고 3등분을 해 친구 각자 몫을 지어 놓는다. 어떻게 보면 황당한 일이지만 과연 한 사회가 되어 돌아가는 데 치는 마르지 않는 기름은 무엇인가. 정(情)이다. 채현국이 하나의 본

보기지만 여러 사람 모두에 연관되는 원리다."

– 〈유심〉, 2005. 12. 10. '구중서의 문화기행 4–서울의 뒤안길' 중에서

부끄럽고 쑥스러운 이야기다. 하긴 자녀의 결혼 축의금이나 부모 조의금을 챙겨 한몫 잡았다는 말이 나오는 세상에 부조금으로 친구 술값을 대줬으니, 미친놈 소리를 들을 만도 하다. 하지만 그건 어디까지나 내가 주변 사람들을 아끼고 위하는 한 방법일 뿐이다. 그런 걸로 내가 무슨 대단한 사람인 양 띄워주는 사람들을 만날 때면 나는 그냥 허허 웃고 만다.

쓴맛이 사는 맛

지은이 | 채현국 · 정운현

초판 1쇄 발행일 2015년 2월 27일
초판 2쇄 발행일 2015년 6월 22일

발행인 | 한상준
편집 | 김민정 · 이경민 · 이현령
표지 디자인 | 조경규
본문 디자인 | 김성인
종이 | 화인페이퍼
인쇄 · 제본 | 영신사

발행처 | 비아북(ViaBook Publisher)
출판등록 | 제313-2007-218호(2007년 11월 2일)
주소 | 서울시 마포구 연남동 567-40 2층
전화 | 02-334-6123 팩스 | 02-334-6126 전자우편 | crm@viabook.kr
홈페이지 | viabook.kr

ISBN 978-89-93642-93-3 03810

• 이 도서의 국립중앙도서관 출판시도서목록(CIP)은 e-CIP홈페이지(http://www.nl.go.kr/ecip)와 국가자료공동목록시스템(http://www.nl.go.kr/kolisnet)에서 이용하실 수 있습니다.
(CIP 제어번호 : CIP2015004223)